ESSA COISA BRILHANTE QUE É A CHUVA

ESSA COISA BRILHANTE QUE É A CHUVA

Cíntia Moscovich

2ª edição

2014

Petrobras Cultural

CIP-BRASIL. CATALOGAÇÃO NA FONTE
SINDICATO NACIONAL DOS EDITORES DE LIVROS, RJ

Moscovich, Cíntia, 1958-
M867e   Essa coisa brilhante que é a chuva / Cíntia Mos-
2.ed.   covich. – 2.ed. – Rio de Janeiro: Record, 2014.

ISBN 978-85-01-40127-4

1. Conto brasileiro. I. Título.

12-6332   CDD: 869.93
                                      CDU: 821.134.3(81)-3

Copyright © by Cíntia Moscovich, 2012

Capa: Flávia Castro

Texto revisado segundo o novo Acordo Ortográfico da Língua Portuguesa.

Direitos exclusivos desta edição reservados pela
EDITORA RECORD LTDA.
Rua Argentina, 171 – 20921-380 – Rio de Janeiro, RJ – Tel.: 2585-2000

Impresso no Brasil

ISBN 978-85-01-40127-4

Seja um leitor preferencial Record.
Cadastre-se e receba informações sobre nossos lançamentos e nossas promoções.

Atendimento e venda direta ao leitor:
mdireto@record.com.br ou (21) 2585-2002.

EDITORA AFILIADA

*Para Celia Ribeiro, que me ensinou
que a boa educação não existe sem afeto.*

À memória de Elias Moscovich, meu pai.

Agora é sem galope. Agora está tudo bem.
O centauro no jardim, MOACYR SCLIAR

Life doesn't imitate art, it imitates bad television.
　　　　　　　　　　　　　　　　　　Woody Allen

Gatos adoram peixe,
mas odeiam molhar as patas

Embora fosse noite, e as luzes do letreiro na fachada já estivessem acesas fazia tempo, a ferragem Abramovich ainda estava aberta. Atrás do balcão, junto à caixa registradora, Saulzinho parecia absorto: limpava as unhas com a ponta de uma chave de fenda, os lábios armando e desarmando um biquinho magoado. Havia ainda o gato, enroscado numa almofada sobre o balcão, que ronronava o prazer do sono. Dono e bicho não podiam estar mais gordos.

De repente, num gesto raivoso, o rapaz fincou a chave de fenda no balcão:

— Não quero mais que me tratem como uma criança! — o gato acusou o impacto mexendo as orelhinhas. Saulzinho continuou: — *Saulzinho*, uma pinoia! — pronunciava o próprio nome com deboche. — Você está me ouvindo, Mishmash?

Ao ouvir seu nome, o gato abriu um dos olhos. Saulzinho agigantava-se:

— Meu nome é Saul! — bateu com a mão livre sobre o peito. — Saul, como o primeiro rei de Israel!

Mishmash bateu o rabo. Saul investia, alteando o tom de voz:

— Vida nova. Nunca mais o nhem-nhem-nhem da mamãe!

Com o rosto muito vermelho e agitando as mãozinhas gorduchas, explicava ao gato que exigiria que o tratassem com a dignidade que um adulto merecia, nada de diminutivos, nada de infantilidades e, com relação à mãe, nada de ser tratado como um bebê. Também alugaria um apartamento, moraria sozinho, andaria de cuecas o tempo todo, se entupiria de salames e linguiças e encheria a cama de mulheres.

— Vou ter um harém de *goias*!

O gato bocejou. Saul abriu a gaveta do caixa e catou a féria do dia. Encheu o potinho de ração (o da água estava cheio) e se certificou de que o basculante permanecia aberto para que Mishmash pudesse sair. Os vidros enegrecidos da janela, pintados de cocô de mosca, causaram um certo asco.

Apagou as luzes e baixou a cortina de ferro, não sem antes beijar a mezuzá e recomendar ao gato que cuidasse direitinho do negócio.

— Amanhã, você não vai me reconhecer, Mishmash. Serei outra pessoa.

Antes de seguir para casa, levantou o cós da calça, que teimava em se dobrar ao peso da barriga. Apesar disso, sentia-se um recém-ungido. Seguiu a rua com passo marcial e só perdeu a realeza na subida da lomba. Pouco antes de chegar a casa, cruzou com seu Natálio, aquele que tinha ficado maluco com a viuvez. O velho fez questão de cumprimentá-lo: "Boa noite, Saulzinho." Saul ergueu o queixo e limpou o suor. Resmungou uma boa educação de protocolo, contendo o ímpeto de mostrar ao velho o que era bom para a tosse.

— Saulzinho, uma ova — disse de si para si.

Ao abrir a porta, depois de beijar a mezuzá, veio-lhe o cheiro de cânfora, alho e limão. Hesitou, mas só por um instante. Foi quando a mãe apareceu na porta da cozinha, os seios e a barriga estrangulados pelo avental. Ao ver o filho, dona Berta avançou em sua direção, desmanchando-se em ói-ói-óis:

— *Mein kindale, mein sheiner ingale*, onde você estava? — dizia, enquanto cobria o filho de beijos.

Saulzinho bem que odiava ser chamado de "criança linda" e bem que tentava se desvencilhar da beijação, mas temia qualquer gesto mais brusco. Passava-lhe pela cabeça parte do discurso que ensaiara na ferragem, que ele não era mais a *criança da mamãe*, muito menos *o menino mais bonito do mundo*, longe disso, estava com quarenta e oito anos, cento e quarenta e nove quilos, que tinha direito a tratamento de gente adulta. A mãe não parecia escutar, só fazia abraçá-lo e beijá-lo, *mein kind, mein ingale*. Quando a mãe finalmente o largou do abraço e ordenou que ele fosse lavar as mãos para a janta, Saulzinho conseguiu dizer:

— Mamãe, a senhora tem que compreender, não quero mais ser tratado como criança. Vou embora de casa.

Dona Berta fez um muxoxo ofendido e deu um tapinha com a mão no ar:

— *Nu?* Chega tarde e ainda quer morar sozinho? Agora é rebelde? Se quer ir, vai, vai — apontava a porta de casa com desprezo. — Mas vamos jantar antes. Fiz *guefiltefish*.

Guefiltefish. E não era dia de festa nem nada. *Guefiltefish*, os bolinhos de peixe redondos, perfeitos, um pedaço do paraíso. Saulzinho sentiu a vontade de independência minguar feito uma passa de uva. Era um infeliz prisioneiro, mas também ninguém podia ser livre de barriga vazia. Dona Berta encerrou a cena:

— É mais fácil enfrentar a desgraça bem alimentado do que com fome.

Dona Berta serviu a mesa com *guefiltefish*, *chrein*, batatas coradas na manteiga, tomates recheados, galinha ensopada e arroz branco. Sentaram-se à mesa. Durante todo o jantar, a mãe falou e falou, como sempre falava e falava. Que as coisas do mercado estavam cada vez mais caras, ela não sabia onde arranjar dinheiro, ainda bem que o falecido pai de Saulzinho tinha deixado a ferragem — e jogava as mãos e o olhar para o alto —, deviam agradecer aos céus, ela andava muito sozinha, falando em solidão, seu Natálio tinha aparecido para tomar chá. Saul quase não escutava, tinha que corrigir, ia mesmo morar sozinho, receber mulheres, aquilo não era só ameaça, Saul, seu nome era Saul. Mas se ouviu batendo na mesa e dizendo:

— Seu Natálio, aquele maluco, esteve aqui? — a louça tremia ao baque.

A mãe fez que sim com a cabeça e repreendeu-o, dali a pouco ele iria arrebentar a mesa com aquelas batidas, que *mishigás*, que loucura, além do mais seu Natálio, aliás, Natálio sem o "seu", não era maluco. Era um homem bom, *mensh*.

Mensh, homem bom. Saulzinho tomou um copão de água, apagando um fogo que azedava o estômago. Amanhã, decidiu e falou para a mãe, amanhã falariam com mais calma. A mãe parou de tirar a louça da mesa e tapou-o de beijos e mais beijos, ria-se, arrulhava em torno do rebento, seu Saulzinho, vejam só, falando grosso, já estava mesmo ficando um homenzinho.

Saulzinho ficou emburrado e disse que iria deitar. Subiu para o quarto.

Nem bem meia hora que Saulzinho tinha deitado, a mãe, como em todas as outras noites, entrou no quarto, puxou-lhe as cobertas, deu-lhe um beijo e apagou a luz do quarto. Antes de sair, disse uns agrados em iídiche, convocando a proteção divina para o sono do filhinho. Ele adormeceu e sonhou que reinava sobre todo Israel.

O dia seguinte passou entre clientes, devoluções e pedidos de buchas e pregos para a fábrica. O almoço de Saulzinho foi a vianda da padaria. A mãe não apareceu para ajudar no caixa. Telefonou avisando que ia ao cabeleireiro.

No final do expediente, outra vez: embora as luzes do letreiro na fachada já estivessem acesas fazia tempo, a ferragem Abramovich continuava aberta. Dessa vez, Saulzinho não estava atrás do balcão; dessa vez, Mishmash não dormia, acompanhando com os olhos o vaivém do dono dentro da loja:

— É o que eu lhe digo, Mishmash, minha mãe é capaz de enlouquecer um ser humano — e levava as mãos à cabeça. — Mas hoje não, de hoje não passa.

O gato pulou do balcão para o piso. O barulho do pouso foi o de um pacote balofo. Saulzinho pegou a féria do dia e logo fechou a ferragem, beijando com ardor a mezuzá do umbral. Caminhava para casa com passo marcial e ar solene.

Ao abrir a porta, ia mais decidido que nunca; veio-lhe, no entanto, o cheiro de cânfora, alho e limão de mistura ao perfume que dona Berta usava exclusivamente em dias de festa.

Na sala, a mãe e seu Natálio conversavam entre xícaras de chá. A mãe havia pintado o cabelo de acaju e, por trás dos óculos, usava uma berrante sombra de olhos. Saulzinho estacou, incrédulo. Dona Berta não pareceu dar muita bola à chegada do filho:

— *Nu*, Saulzinho? Vai ficar aí parado? Venha aqui, *mein kindale*, cumprimente seu Natálio.

Saulzinho já ia retrucar, mas se obrigou a adiantar o corpo e estender a mão. Seu Natálio apertou-a com força de torquês. A mãe, toda coquete dentro do taierzinho verde-água, esclareceu que havia comida no forno. E que ela e seu Natálio iam ao cinema, depois um jantarzinho, quem sabe até dançar no Clube da Saudade, não é, Natálio? Seu Natálio fez que sim e apertou os braços contra o peito, sacudindo-se e fazendo de conta que dançava com um par invisível.

Saulzinho sentiu-se secar por dentro, como a passa de uma uva ou de um damasco ou, pior, como um árido figo turco. Mas nada falou, porque estranhos não tinham a ver com assuntos de sua família. Encaminhou-se curvado para a cozinha. Não jantava sozinho desde que o pai morrera, fazia uns vinte anos. A lembrança da morte do pai, inclusive, causou-lhe uma grande tristeza.

Foi para o quarto, vestiu o pijama, deitou-se e puxou as cobertas. Fechou os olhos e viu-se forte e poderoso como um ungido. Adormeceu com a luz acesa — mesmo porque não havia ninguém para apagar coisa nenhuma.

Dias e dias, a ferragem permanecia aberta até tarde. Sem que ninguém se desse conta, o letreiro da fachada alterou-se. Era possível ler apenas "Ferragem Abramov". A lâmpada que iluminava a parte do "ich" havia queimado.

Saulzinho passara a odiar os finais de tarde, nos quais cruzava cada vez menos com seu Natálio. Cada vez mais encontrava o velho às gargalhadas com a mãe no sofá da sala, uma vergonheira tamanha jamais se havia visto. Pior: agora a mãe dera de arredar todos os móveis da sala para que ela e seu Natálio treinassem o tango figurado, rostos juntinhos. A mãe perdera todo o recato. Aquilo que parecia um desrespeito com a memória abençoada do pai também fez com que Saulzinho perdesse a vontade de independência. E o apetite. Chegou a emagrecer, e o cinto que prendia as calças foi diminuído em três furos. Dona Berta, além de também emagrecer, mudara seus hábitos. Cantava boleros no banheiro, deslizava coreografias na cozinha, tornara-se faceira e também misteriosa, falando menos e parando bem pouco em casa.

O único a não mudar era Mishmash, cada vez mais robusto e redondo.

No dia, terrível, em que dona Berta anunciou o novo casamento e que se mudaria para a casa de seu Natálio — "Saulzinho pode muito bem se virar sozinho, já é homem grande, não é, *mein kindale*?" —, o rapaz foi para a cama sem jantar. Mesmo porque não havia o que comer.

Naquela noite, a que seria apenas mais uma de odiosa série, a mãe não veio, não puxou as cobertas, não apagou a luz, não pediu a proteção divina para o sono do filho. Antes de adormecer e antes de entrar no sonho em que era o rei de Israel, Saulzinho enxugou uma lágrima gorda e insistente que ainda teimava em brilhar no escuro.

Mare nostrum

Árvore, placa, cavalo, carro.
Carro, carro, carro, carro, ônibus, motocicleta, carro, cavalo.
Ponte.
Ponte.
Ponte.
Placa, ponte, carro, cavalo, vaca. Montanha, nuvem, água, caminhão, carro, carro, carro.
Para ela, que vinha no banco de trás contando as coisas, as coisas só inchavam as pupilas numa vontade de abreviar a massa de tempo, aquele agora que nunca era depois, um mais-tarde que só vinha para aqueles que iam lá adiante, outros carros, ônibus, motocicletas, que todos mesmo só sabiam se adiantar ao carro do pai. A menina atrasada de espera, tantos

meses querendo e pedindo — queria porque queria tomar banho de mar, a tia dera uma planonda amarela e a recomendação "Pegue jacaré e divirta-se, querida".

Pegar jacaré. Da praia, só se lembrava de uma vez, se é que se lembrava mesmo. Havia aquela foto, a foto que o pai tinha pendurada no chaveiro, a foto que tinha ido parar num monoculozinho de plástico que se olhava contra a luz e que revelava, lá no fundo, nos braços da mãe, um bebê de chapéu na cabeça, o chapéu sombreando o rosto bochechudo no qual a imaginação da menina custava a entrar e caber como espelho.

Pegar jacaré. A planonda tinha vindo embrulhada em ciosas faixas de plástico, metros e metros que iam virando sujeira no chão da sala, um peso levinho, peso de nada mesmo que tem isopor. Ela descascou a planonda, enfim, e apoiou a borda contra a barriga, dobrando o corpo. Impertinente, perguntou "Querem que pegue jacaré onde, debaixo do chuveiro?". Os adultos todos riram, mas era uma menina muito abusada, "É, muito abusada mesmo", "Além da conta".

Até que todos pararam de rir, e o pai achou que era hora de xingar a tia. Se tinham cabimento aquelas ideias de planonda e jacarés, não se conseguiam pagar as contas e agora mais essa, a menina queria pegar jacaré.

A tia saiu porta afora fungando, a mãe correu para o quarto, e ficaram o pai sentado na poltrona e a menina com a planonda no meio da sala, os dois parados feito girassóis em dia nublado. Depois daquilo, o pai tirou uns papéis da gaveta do balcão e, em cima deles, uma semana inteira queimou pestana e rabiscou e mastigou toda a tampa da caneta de plástico.

E aquele agora constante, a prisão no banco de trás, tivessem ido a pé já se teria chegado, bocejos, fila de carros e mais o pedágio e mais o pai pedindo um troco para a mãe e, susto, o caminhão passando no costado direito da estrada, uma fumaceira e pneus guinchando, e o pai que ergueu a mão fechada no ar e esbravejou, filho da mãe. Todos eram filhos da mãe, a menina já esgotada, sem ter se conformado ainda que, para a grande surpresa, é necessário haver uma sucessão de coisas que, em passo de monotonia, se repetem.

Até que enfim, ali, à direita — e era como se o pai, em seu anúncio, tivesse feito o milagre — estava o mar. O mar, e, na surpresa, o mar era uma eternidade, alongando sua lâmina feito uma grande asa de vidro azulada. O pai falou, satisfeito

— *Mare nostrum*

e ela, sem entender o latim de ginásio, sabia que o pai lhe dava uma liberdade. Outra espera agora: "Falta muito para nossa casa?"

Mar, mar, mar, carro, carro, bicicletas, placa, bem-vindo, cidade.

Quando desceram em frente à casa de aluguel, a mãe retardou-se, malas, sacolas, arrumação, preparar o almoço. O pai teve piedade: come-se milho na praia, tem a melancia que a gente trouxe, pega a planonda, vamos.

Guarda-sol, cadeiras. Caminhando na areia quente, os pés se enterrando na fofura morna, a menina ia com uma gorda camada de Hipoglós a melecar o nariz sardento, agarrada à planonda de isopor, uma alegria nela inteira, viria na onda até a beirinha, até a beirinha, flutuando de voar na crista da água, não era difícil, foi o que imaginou, só se prender na borda da prancha. O pai cavou a areia com a haste do guarda-sol — com um buraco desses, pode-se chegar na China, exclamou-se —, os gomos cheios de peixinhos, algas e estrelas-do-mar apararam a luminosidade de quase meio-dia, a mãe abriu as cadeiras de plástico, o pai olhou para um lado, para o outro, para a filha e disse:

— Vai, o que é que está esperando?

A menina olhou para um lado, olhou para o outro, olhou para o mar — sentiu um receio, que nem sabia direito que era receio nem de que se receava: mais tarde ia para a água, tinha fome, queria comer primeiro. O pai e a mãe se entreolharam de surpresa frustrada e, quase ao mesmo tempo, sentaram nas cadeirinhas, espalhando areia com a sola dos pés. Uma carrocinha passou, milho verde. O vendedor tirou do panelão fervente três espigas, granadura carnosa, carreiras simétricas de dentes amarelos, acomodou-as na palha verde, jogou sal por cima, um filete de margarina derretida, quase líquida de calor. Uma delícia, disse o pai; uma delícia, disse a mãe; uma delícia, concordou a menina. Depois as talhadas de melancia, que vieram embaladas em sacos plásticos, o beijo aquoso e doce da polpa, os caroços em barulhinho contra os dentes, e a menina sentiu o sumo perfumado que nem era da fruta, era da própria alegria que se agitava inquieta contra o receio para ser de uma vez só alegria.

Como se ainda não pudesse, a menina ficou ali sentada no chão, as pernas paralelas, os dedos dos pés espetados, vez que outra os calcanhares cavando pequenas valas das quais brotava uma umidade escura. De ansiedade, que ela nem sabia que era, alma pequena, roía as unhas até o sabugo, comia a pelezinha trincando os dentes com areia, ralando a língua de aspereza, até que a carne doeu em dor aguda — até que o pai disse:

— Agora, mocinha, agora que fez a digestão, vai para a água que eu fico cuidando daqui.

A mocinha disse que não, que ia depois. O pai não gostou da resposta, aquilo não era coisa que se fizesse, aquela falação de quero praia, quero praia, e ela ficava ali, na areia, que nem uma bobalhona, com todo aquele marzão para aproveitar. Pois é, o marzão, ela pensou, e agora?

Foi daí que a mãe pulou da cadeira, então vou eu, e numa arrancada já estava lá na beira da água, dando gritinhos e uns pulinhos meio desajeitados anunciando que a água estava fria, como a água está fria, vocês não vêm? E o pai riu, um riso que a menina adorava, e o pai levantou da cadeira e correu com as pernas peludas jogando areia para todos os lados, até naquelas moças deitadas nas toalhas coloridas, e, já pisando na espuminha da beira, estendeu os braços e pegou as mãos da mãe e abraçou-a dum jeito de marido E os dois avançaram, simulando covardia, e a água estourava neles, e a mãe, de repente desgarrada, se enfiou debaixo de uma onda, o torso bonito feito o de um peixe, e saiu do outro lado luzindo de molhada e de sal, e as ondas batendo nas pernas do pai, o corpo forte feito um casco de navio. A menina gostou, porque os dois estavam se divertindo, porque era ela, no final das contas, que havia trazido os pais para a praia.

O pai saiu do mar e veio até ela, o corpo pingando água, os cabelos já duros de sal, e estendeu a mão, os dedos como âncoras que prendiam as coisas em seus lugares, e disse "Vem, filhinha, vem, amada do pai". A menina fez um esforço por dentro, se ergueu de um pulo, apanhou a planonda, sacudiu a areia da bunda, estufou o peito que nem um nadador e foi caminhando com o pai em direção ao mar.

De barriga na prancha — soube como se equilibrar sem o mínimo esforço —, passou zunindo e foi até a beirinha, bem na beirinha, bateu bastante os pés para ir ainda um tico mais, ainda um pouco mais, dona da massa de água e de tempo, de um tempo que era só agora e que nem chegava a pedir um depois. Pai e mãe aplaudiram — e, na volta às ondas, a menina encheu a concha de uma das mãos com água e bebeu um gole de mar, como quem chega ao destino depois de uma travessia. Só assim, finalmente, ela pôde suportar o tamanho da liberdade. Só assim, depois de um deserto.

Caminho torto para uma linha reta

Para Pipoca e para Colombina

Para meu marido, Dorotília era uma verdadeira santa. Por obra dela, quase todas as casas do bairro ainda têm pelo menos um cachorro ou um gato — às vezes mais de um — recolhido das ruas. Rosinha, nossa bichana, por exemplo, afofa-se no sofá da sala graças a Dorotília.

Mas ela também falava: era capaz de contar a história do mundo e as fofocas da vizinhança ao mesmo tempo, sem que um vivente tivesse chance de gemer aí. Embora não se queixasse, precisava sempre de alguma ajuda e sempre se desculpava por incomodar. Talvez por isso eu não engolisse Dorotília. Sempre achei que ela não era mesmo flor que se cheirasse, embora meu marido me dissesse para parar de bobagens. Ele mudou de ideia a partir daquela tarde de domingo.

Eu estava na cozinha quando ouvi:

— Ó de casa!

Ao abrir a porta, vi que Dorotília, parada em frente às grades do portão, trazia nos braços um cachorrinho. Apesar de a cena ser minha conhecida e eu ter todos os problemas do mundo para dar conta, não me ocorreu nenhuma desculpa. Meu marido chegou e também teve de penar aquela bondade empurrada goela abaixo.

O cãozinho era de raça, um poodle. Parecia de brinquedo. Ficamos sob um solaço que derretia as pedras. Dorotília contou que aquele poodle fora resgatado naquela manhã mesmo, do apartamento em frente ao dela, onde morava o casal que se mudara fazia pouquinho. Os dois tinham quebrado os pratos e abandonaram o apartamento, ele anunciando que ia para um hotel, ela, que ia para a casa da mãe — e ainda por cima deixaram a porta aberta.

— Tive de arrombar a porta da área de serviço — esclareceu. — Deixaram o bicho lá, chaveado, sem água nem comida. Tem que dar parte na polícia. Vocês vejam só que coisa.

Pois eu estava vendo. Aquilo era uma barbaridade, mas que ela nos desse licença, havia a louça do almoço para dar conta. Foi quando ela tentou um último golpe:

— Vocês não querem ficar com ele? Tem uns quatro meses.

Meu marido e eu não queríamos não, nem pensar, já tínhamos a gata que ela nos havia trazido, e, além do mais, o cachorro pertencia ao casal. Ela forçou:

— Vocês não querem ao menos pegar ele no colo? — e foi enfiando o bichinho por entre as grades. — É a coisa mais bonitinha do mundo.

A barriga do cachorrinho era cor-de-rosa. Um boneco. Meu marido, que ainda acreditava nos bons gestos de Dorotília e que era um coração mole de quase dois metros de altura, pegou o bebê nos braços. O enjeitado, não sabendo mais o que fazer, deu uma lambida no rosto de meu marido.

Eu me apavorei.

Meu marido me olhou, o cachorrinho me olhou. Aquilo era demais, e eu quis acabar de vez com o assunto. Falei que não estava certo, o que os dois estavam tramando era roubo. O cachorrinho lambeu outra vez o rosto de meu marido.

E eu então abri minha santa boca mais uma vez.

Falei que eles perigavam ser presos, mas que o cachorrinho podia ficar aquela tarde conosco. Mas só aquela tarde, eu não ia ser cúmplice de ninguém, e que ela chamasse a polícia ou a protetora dos animais ou o que bem entendesse, desde que fosse urgente. Dorotília jurou que nem escoteira, ele só ficava conosco aquela tarde, enquanto ela saía para resolver umas coisas.

Rosinha, que já tinha vindo dar fé dos acontecimentos, correu para dentro de casa assim que viu o poodlezinho no chão. O cachorro saiu em perseguição logo atrás. Lá de fora, só se escutava a Rosinha fazendo fssss, naquele soprar de fúria braba. O cachorro latia. Eu estava bem-arranjada. Verdade seja dita: ele não podia ser mais mimoso.

Pipoca. Assim meu marido chamou o cãozinho durante a estada. Pipoca, porque era clarinho e porque pulava — pensei que o bicho treinara muito para abrir a porta da prisão da área de serviço. Como se não fosse só por aquela tarde, porque meu marido e Dorotília tinham seus acertos em segredo, vieram para casa uma coleira, uma cama de cachorro enfeitada com imagens de dálmatas, um pote de vidro cheio de ração, um ursinho lanudo e caolho, além de um dinossauro, verde, que o tal Pipoca não largava por nada no mundo. Por mais que eu protestasse, meu marido alegava que o cachorrinho precisava sestear num lugar decente e que mais tarde tudo iria embora.

Dorotília não apareceu naquele domingo. Uma tempestade desabou, água e água. Eu me tranquei no quarto, disposta a não sair dali até o dia seguinte. O cachorrinho dormiu na sala, esparramado na caminha de dálmatas.

* * *

No dia seguinte, bem cedo, descobri que o pequeno meliante havia feito xixi no tapete da sala. Meu marido, amarrotado de sono, deu de mão num jornal e, enrolando-o como um tubo, batia no chão, junto à poça de xixi e ao tapete arruinado. Dizia Feio, feio, que feio isso, xixi lá fora — e abria e fechava a porta da área de serviço que dá para o pátio, no esforço de se fazer mais claro.

Mesmo que Dorotília ainda não tivesse aparecido e que eu me recusasse a compartilhar a casa com o cachorrinho, meu marido saiu para trabalhar. Eu, que já havia limpado mais xixi — e também cocô — e apartado duas brigas do cachorro com Rosinha, passei o resto do dia vigiando o visitante, vassoura, pano e jornal na mão. Volta e meia, também ia até a porta da área de serviço e dizia Feio, feio, que feio isso, xixi lá fora. A gata, em cima do balcão da cozinha, trocava as orelhinhas.

No meio da tarde, perdi a paciência. Deixei os bichos sozinhos e fui até o prédio onde Dorotília morava. Não sabia qual era seu apartamento, assim que bati em todos os botões do painel do interfone. Dois vizinhos que me atenderam não sabiam dela, fazia tempo não a viam. Tive outra ideia sem pé nem cabeça, mas deixei por isso mesmo.

Na volta, quando abri a porta de casa, Pipoca veio com seus pulos e saltos, língua de fora. Fiquei bruta de repente e pedi que ele parasse com aquilo. Ele parou. Ficou me espiando de baixo para cima, um cachinho de pelo se enroscando sobre o olho marrom. Eu estava ficando louca.

Nos outros dias, nada de Dorotília. Ninguém tinha visto, ninguém sabia. Era como se não existisse uma só alma que se preocupasse com o sumiço da mulher. Falei para meu marido que as pessoas deviam olhar para Dorotília como quem olha a paisagem através de uma janela. Simplesmente, a janela não existe. Meu marido disse que Dorotília iria aparecer, mais dia, menos dia. E que já tinha problemas suficientes e que eu guardasse para mim meus pensamentos.

Eu sabia o que iria acontecer. Embora eu dissesse para meu marido e para Pipoca que não fazia parte da matilha deles, embora aquela história de limpar as necessidades do cãozinho não fosse justa para uma pessoa que tem que fazer todo o serviço da casa, embora os pés do sofá e da mesa de jantar surgissem diante dos meus olhos cada vez mais roídos, embora ele latisse feito desesperado cada vez que alguém passava na rua, embora Rosinha não parasse de soprar para ele, fui entendendo que, se um cachorro não é sustentado por palavras, as palavras não se sustentam sem a ação. E que um ser humano não pode se sustentar na frente dos olhos de um cachorro — foi o que pensei em voz alta, para ver se meu marido concordava. Meu marido perguntou se eu não tinha mais nada para fazer na vida.

Pipoca sabia disso, da força de seu olhar, e ganhava tempo. E, devo admitir, ficava cada vez mais gracioso. Rosinha descobriu que, movendo-se sobre os móveis, fugia de estar perto do cachorrinho. Passou a viver no andar de cima. Eu achei fantástico que as coisas se arranjassem na base do instinto.

O mais incrível se deu naquela manhã em que ele se parou nas patas de trás, apoiando-se na porta da área de serviço. Juro que ele queria falar. Abri a porta, curiosa. Lá se foi Pipoca fazer cocô, espremendo-se junto ao canteiro de margaridas. Também fez xixi. Voltou para dentro abanando o rabo. Me senti uma idiota, mas tive de dizer que ele era um mocinho muito bem-educado.

Na hora do almoço, coloquei ração no potinho e fritei um bife para mim. O cachorrinho nem tocou na ração. Foi só me preparar para comer, que Pipoca sentou sobre a bundinha, as patas dianteiras no ar.

Ele queria meu bife. Se ele pudesse falar, diria isso. Mas não era um gesto voluntarioso. Ao contrário, ele era todo suave, sem parecer humilhado por ter que pedir. Era digno, o bichinho. Cortei um pedaço de carne e lhe dei com a ponta dos dedos. E ele mordeu a carne bem devagarinho e bem compenetrado mastigou. Comeu com tanto prazer que eu cheguei a pensar que era só bondade, que um bife de alcatra nem podia ser tão gostoso assim. Ele aceitou mais um pedaço. E mais um. Depois de comer meio bife, trouxe o dinossauro e o urso e colocou-os ao lado da poltrona na qual eu me sentara. Me olhou, piscou os olhos, deitou junto aos brinquedos e descansou o focinho entre as patas. Dormiu feito um bebê de gente.

Por esse tempo, Pipoca já havia aprendido mais um macete: sempre que fazia algo errado, deitava-se de costas, as quatro patinhas dobradas, oferecendo a barriga cor-de-rosa para o carinho. Ficava espiando a gente com o canto do olho. De levar os trocados de qualquer um.

Foi assim que decidi estudar sobre raças de cachorros — cheguei a comprar um livro de capa dura, caro de doer na alma.

Levei Pipoca ao veterinário. Depois, Pipoca passou a me acompanhar nas compras do mercado e nas caminhadas. Começou a dublar minha sombra: aonde quer que eu fosse, cozinha, quarto, sala, lá o toco de rabo se agitava feliz. Antes de apagar a luz para dormir, passei a me certificar de que Pipoca estava a meu lado, no chão. Sempre estava, e sempre junto do dinossauro ou do urso. Ou dos dois.

Tudo estava em paz. Eu acreditava. Dorotília não tinha aparecido mas, em compensação, a polícia não tinha vindo resgatar o animalzinho. Foi quando ouvi:
— Ó de casa!
Dorotília.
Mas ela me pagava. E ia ser já, agora mesmo. Fui lá tirar satisfações.

Dorotília estava com cara de desenterrada. Pipoca não parava de saltar, fazendo festa. Ela tentou falar, mas eu não deixei, tanto que lhe enchi de minhas queixas. Ela ouviu tudo e, para minha surpresa, foi breve: a doença da mãe no interior e uma notícia para me dar. Que era a seguinte:
— A mulher do casal separado quer o cachorro de volta.

Pipoca parou a pulaçada e ficou olhando para Dorotília bem sério. Se eu pudesse matar uma pessoa. Se eu tivesse coragem. Foi o que eu disse para Dorotília, mal segurando o choro de indignação. Disse que fossem as duas vagabundas para os quintos do inferno. Ordenei um "junto" para Pipoca e entrei de volta. Fiquei olhando o teto por horas.

Ao chegar do trabalho, meu marido não acreditava em seus ouvidos, Dorotília não seria capaz de uma coisa daquelas, nunca. Bateu no tampo da mesa e resolveu que o cachorro não saía lá de casa nem por decreto. Perguntou o que eu achava. Não respondi. Sentou-se no sofá, roendo as unhas. Sentei-me a seu lado. Pipoca pulou para cima do sofá e se encostou em mim. Meu marido teve uma luz:

— Vou falar com o advogado da firma.

Eu concordei com a cabeça. Rosinha continuou bem quieta em cima da mesa da sala.

O advogado só podia nos atender dali a três dias. No segundo dia, meu coração galopou ao ouvir novo Ó de casa. Tranquei Pipoca e Rosinha. Me preparei para, de fato, matar alguém.

Dorotília estava distante do portão, quase junto ao meio-fio. Curta e grossa, disse que tinha uma outra notícia para me dar:

— A dona do cachorrinho mandou pedir cento e cinquenta reais por ele.

Escolhi um palavrão horroroso para xingar Dorotília. Aliás, nem escolhi, foi o primeiro que me veio à boca. Mandei que desaparecesse da minha frente e que nunca, mas nunca mais mesmo, ousasse passar por minha calçada. Dei uma cuspida de nojo no chão por desaforo.

Telefonei para meu marido e pedi que ele viesse mais cedo do trabalho.

Ele me encontrou sem fôlego de tanto chorar. Disse que aquelas mulheres eram umas sem-vergonha e que aquilo não ia parar nunca. Pipoca não saía do meu lado. A gata continuava nos olhando de cima da mesa.

Na manhã da tarde em que iríamos ao advogado, fui atender o carteiro, que entregava um sedex. Não tinha dormido a noite inteira e saí meio zonza porta afora. Sem que eu me desse conta do que pudesse acontecer, Pipoca saiu atrás de mim, já latindo para o carteiro.

Foi eu colocar as mãos na encomenda, e apareceu aquela mulher. Trazia na mão direita duas sacolas de supermercado. Era jovem e estava vestida com uma calça muito justa e uma blusa de alças, grudada ao corpo. Pensei que ela era vulgar. Mas só por um instante, porque Pipoca, já sem o carteiro na alça de mira, correu para junto de mim. E rosnou. A mulher, apontando com a mão das sacolas o cachorrinho, falou:

— Mas que bonitinho.

Pipoca voltou a rosnar. Depois latiu, avançando com o corpo. Latiu mais. Estava brabo. Nenhuma de nós se mexia. Até que a mulher falou:

— A senhora gosta muito dele, não é?

Eu disse que sim, que gostava muito dele e que ele era meu. A mulher fez que sim com a cabeça. Pipoca entrou para dentro de casa. Da soleira, se pôs a rosnar. E eu entendi. Disse a ela que esperasse ali um instante.

Entrei. Revirei bolsos e gavetas. Peguei o dinheiro do rancho que estava no centro de mesa. No fim, tinha comigo duzentos reais e setenta e cinco centavos. Era mais do que suficiente. Ainda sobrava troco.

A mulher continuava no portão. Pipoca ficou sentado na soleira. Estendi cédulas e moedas através da grade. Ela pegou o dinheiro como se esperasse havia muito por ele. Eu sabia. E, embora soubesse, perguntei se ela se mudara para a zona fazia pouco.

— Sim. Passei uns tempos na casa de minha mãe, mas estou de volta. A senhora sabe.

Sim, eu sabia. Pipoca sumiu dentro de casa. O que me deu coragem para acabar com aquilo: que ela nunca mais aparecesse na minha frente.

Ela:

— Negócio fechado — e enfiou o dinheiro na bolsa.

Custei a acreditar. A mulher retomou o caminho, rebolando. Até que desapareceu na volta da esquina.

Telefonei para meu marido, avisando que cancelasse o encontro com o advogado. Ele ficou nervoso, disse que ia passar vergonha, desfiou de um monte de nomes feios, já estava indo para casa ver que maluquice era aquela.

Ele chegou a tempo de ver a fumaceira no pátio de casa. Esclareci que eu tinha posto um fim à cama de dálmatas, ursinho, dinossauro e todo resto das tralhas de Pipoca. Contei também todo o resto. Dei o assunto por encerrado.

Ele quase teve um troço.

Nunca mais Dorotília apareceu em nossa casa. Não aparece em lugar algum, e nunca mais passei sequer pela calçada do edifício. Os vizinhos acham que ela está doente ou morta. Ou que foi cuidar da mãe no interior. Para mim, tanto fez como tanto faz. Principalmente no dia de hoje, em que fui à casa da dona de Poliana para visitar os seis filhotes da ninhada. Todos com a barriguinha cor-de-rosa, igual à do pai. Uns bonecos.

A balada de Avigdor

Não que as casas fossem geminadas, não era bem isso, embora, de tão grudadas, se podia jurar que a parede de uma se escorava na parede da outra. Acontecia que as duas construções ficavam, sabia-se lá por quê, muito próximas uma da outra e, ainda por cima, o muro que dividia os terrenos era assim baixinho, bem dizer um rodapé. Mesmo que da sala de estar de Samuel e Lube Goldamovich se enxergasse a sala de estar de Berta e Arão Stern, embora do quarto de dormir do menino Avigdor se visse até a camisola de bolinhas da menina Débora, embora as duas cozinhas e os dois pátios fossem íntimos de quase promiscuidade, nenhum dos vizinhos tinha feito questão de erguer muro maior, as duas crianças viveriam na solidão destinada aos filhos únicos não fosse a proximidade que os tornava quase irmãos. Venezianas, vidraças e cortinas mantinham a reserva quando necessário, e, por higiene e consideração, todos se haviam acostumado a falar baixinho e a ver tevê em volume civilizado: gritos, somente nas discussões dos casais ou em dias de jogos de futebol. Mesmo para ralhar com as crianças o tom de voz era entre dentes.

Quando Avigdor fez oito anos, seu Samuel achou que o filho, além de estar mirradinho e esquelético, precisava da companhia de outros meninos e de estímulos mais eficientes à virilidade. Muito embora andasse de bicicleta e até jogasse bola com a filha dos Stern, aquilo de se grudar com uma menina o tempo inteiro era exagerado; até no colégio, os professores alertavam, os dois não se largavam. A professora de educação física, numa reunião com seu Samuel e dona Lube, disse que Avigdor odiava os recreios e que se negava a jogar futebol com os outros meninos. Saía sempre correndo, e sempre o encontravam com Débora, que, por seu turno, abandonava seu grupo para ficar com Avigdor. Decidiram matriculá-lo no caratê. O guri não gostou nada e ameaçou atear fogo no quimono. Custou mas foi para a aula.

Nessa mesma época, Berta e Arão Stern também estranhavam que a filha andasse só com o filho dos Goldamovich, até bola jogava. A bem da verdade, Débora havia engordado demais e pareciam lhe fazer falta amigas e modos mais prendados. Mesmo corpulenta e pesada, e mesmo contra a vontade dela, conseguiram vaga em aulas de balé.

De manhã, as duas crianças saíam para o colégio. De tarde, ia cada qual para sua atividade, um de quimono dando voltas no corpo franzino, outra de malha e tutu compondo uma figura meio balofa.

No finalzinho da tarde, mesmo antes de seu Samuel voltar do armazém e de seu Arão voltar da fábrica de camisas, as crianças se encontravam e quase sempre se trancavam no quarto do menino — que os adultos não entrassem, era essa a recomendação. Vidros e venezianas eram fechados, e, mesmo assim, da sala de estar ouviam-se, de mistura à música –– Tchaikovsky, Delibes, Stravinsky —, sons secos que pareciam pulos ou tombos, às vezes pulos e tombos juntos, sempre amaciados pelo tapete persa que seu Samuel recebera como pagamento de um cliente em inadimplência. As crianças esclareciam que ensinavam um para o outro o que tinham aprendido nas aulas de caratê e de balé.

A determinada altura dos acontecimentos, Avigdor proibiu que qualquer pessoa entrasse em seu quarto e fechou definitivamente as janelas.

Naquele dia, dona Lube não resistiu de curiosidade e de certa preocupação: o que podiam fazer juntas e trancadas duas crianças de nove anos de idade?

Ao abrir a porta do quarto, quase não reconheceu seu Avigdor: o braço esquerdo apoiava-se na cabeceira da cama, o braço direito estendia-se ao alto, os dedos longos armados num gracioso arranjo; o tronco e a cabeça inclinavam-se lentamente, enquanto o quadril, coxas, joelhos e pés estavam voltados para fora. Vestia malha cor-de-rosa, e o tutu, também cor-de-rosa, sobrava-lhe muito na cintura. Débora, de costas para a porta, metida no quimono, enfurecia-se em pontapés e socos contra a cortina. Dava gritos a cada golpe. O quimono parecia apertado nos ombros e nas pernas, a faixa branca da cintura não dava mais que uma volta.

Dona Lube sofreu um impacto ao ver o tapete persa transformado em palco e tatame. Aproveitando que as duas crianças não a tinham visto, fechou a porta muito devagar. Buscou fôlego, encostando-se à porta. Lembrou-se de toda a psicologia que lera nas revistas e evitou o escândalo que tinha vontade de armar. Podia ser que as crianças estivessem experimentando a identidade alheia para compor a própria. Ou coisa parecida.

Um sonho secreto dos Goldamovich ia por água abaixo naquele instante em que se esquivava fugindo pelo corredor. Aqueles dois não iriam namorar, nem noivar, nem casar, nem lhes dar netos, nunca na vida. E ela temia o que o destino guardava para todos.

Dona Lube nunca contou para seu Samuel sobre a cena vista no quarto de Avigdor, não queria atiçar o marido, que andava ainda mais desgostoso com o filho. Mesmo praticando caratê e comendo muito bem, obrigado, o menino era de compleição tão débil que parecia quebradiço, a pele de todo o corpo era lisa, azulada de tão branca, os cílios muito longos e fartos — seu Samuel sempre desconfiara de homens muito pestanudos. O pior, pior mesmo foi quando Avigdor apareceu com a notícia de que tinha resolvido abandonar as aulas de caratê:

— É muito violento. Sou pacifista.

Seu Samuel ficou possesso:

— Pacifista, o cacete.

Para desespero de dona Lube, seu Samuel ameaçou dar tanto no filho que o reduziria a um monte de bosta, era o que ele merecia — e Avigdor, vendo que o pai tirava o cinto da cintura das calças, tratou de escapulir, dando voltas em torno da mesa da sala. Dona Lube corria atrás de seu Samuel, tentando agarrar a fivela do cinto:

— Shmil, para com isso! — "Shmil" era o nome com que ela tratava o marido. — Para com isso!

Atraída pelos gritos, dona Berta assomou à janela. Feito um raio de ágil, Avigdor enveredou pela cozinha e dali para o pátio. Com duas passadas, chegava ao murinho que separava as duas propriedades. Pulou para o terreno ao lado. Ao se dar conta de que o filho escapulira e que haviam atraído a atenção dos vizinhos, dona Lube e seu Samuel pararam de correr. Dona Berta saiu da janela e fechou a cortina.

A partir dali, seu Samuel entrou em depressão profunda. Tudo o que parecia não mais ter como piorar, no entanto, piorava e piorava. Não bastasse ter feito doação de seu quimono, Avigdor pediu à mãe que somente comprasse roupas brancas, porque queria lutar pela paz. Dona Lube achou gracioso. Seu Samuel ameaçou ter um ataque. Puxou a mulher pelo braço e, trancando a porta do quarto, disse de um jorro o que o atormentava: que seria um desgosto ter um único filho e ainda por cima o guri sair um *frisher*, um maricas, um mão-torcida, tanto que sonhara com um filho homem que o ajudasse nos negócios. A mulher ouvia, calada. E rezava.

Quando veio a notícia de que a pequena Débora ia abandonar o balé, seu Samuel foi direto, ainda que impiedoso:

— Pudera, ela parece um lutador de sumô.

Dona Lube ficou sem falar com o marido por uma semana: não suportava maldades.

As duas crianças completaram doze anos. Avigdor se preparava para o bar-mitzvá, o que significava exatos dez meses de ensaios e cantorias de cortar fora as orelhas, tudo para que a cerimônia saísse direitinho.

As meninas, sabe-se, cumprem seus rituais religiosos um ano antes que os meninos. Naquele dia, portanto, Débora comemorava seu bat-mitzvá. Já por essa época, os Stern passavam por dificuldades financeiras, e a comemoração seria um almoço para a família, nada demais, *herings*, *beigales*, galinha assada, compota de frutas. Seu Samuel presenteou o amigo com duas garrafas de vinho para ajudar nas despesas da festa.

Dona Lube apurava o marido e o filho, já estavam atrasados para a sinagoga. Avigdor apresentou-se na sala todo de branco, a quipá inclusive.

Seu Samuel, que chegara à sala metido em seu terno escuro, não esboçou nenhuma reação. Todos já se haviam acostumado a ver as duas crianças de branco, aquela coisa de lutar pela paz.

Na sinagoga, Débora apareceu com um vestido de babados, tecido alvo que fazia contraste com as duas bochechas muito coradas. Avigdor parecia fascinado com a menina e chamava a atenção de todos, como a amiga estava linda, parecia um anjo. Durante a cerimônia, seu Samuel não parou de chorar um só instante.

Na cerimônia de bar-mitzvá de Avigdor, o menino cantou como um pássaro. Ainda outra vez, seu Samuel não parou de chorar.

* * *

Seu Arão não estava com muita sorte na fábrica de camisas, e o aperto das finanças ficou ainda maior. Com a morte da mãe de dona Berta e com o apartamento herdado, os Stern haviam tomado uma decisão: iriam se mudar.

— O apartamento está todo mobiliado, é entrar e morar — contou dona Berta. — Para fazer dinheiro, vamos alugar a casa.

O apartamento ficava a duas quadras, fazia-se o percurso a pé com a maior facilidade. Mesmo assim, dona Lube já não tinha mais lágrimas para chorar tanta tristeza. Seu Samuel ficou ainda mais cabisbaixo. Avigdor ajudava a amiga a empacotar as coisas. Mas destino era destino, não havia o que fazer.

Uma coisa não mudou — ou ao menos não mudou muito: as duas crianças continuavam a se encontrar depois da escola. E a se encerrar no quarto. Conversavam, ouviam música. E, para desespero de dona Lube, parecia que ainda praticavam balé e caratê. Só não sabia quem fazia o quê. Tinha medo de pensar nisso.

Naquele dia, veio a notícia de que a casa dos Stern finalmente tinha sido alugada. Para uma escola de balé, a reforma começaria dali a pouquinho. Dona

Lube se entusiasmou com a notícia e correu ao armazém para avisar seu Samuel.

Seu Samuel foi lacônico e enigmático:

— Escola de balé? Eu, se fosse você, não ficaria assim tão entusiasmada.

As venezianas do quarto de Avigdor voltaram a se abrir depois de muitos anos. Justo ali, na casa ao lado, instalara-se a sala de aulas da dona Zilda, que ocupava o lugar onde haviam sido o quarto de Débora e a sala de estar. Alertado pelos acordes do piano que anunciavam o início das aulas, Avigdor aproximava-se da janela meio agachado e, junto à cortina grossa e pesada, se instalava para espiar.

Horas, podia passar horas vendo a sarabanda das meninas, os movimentos graciosos, os saltitos contidos, as mãos aladas como pássaros, os ombros descobertos, cabelos espichados e arrematados em coque, perfis orgulhosos, todas elas refletidas pelo grande espelho que cobria a parede fronteira da sala de aula.

Depois que as aulas se encerravam e que todos na casa já tinham ido dormir, a luz do quarto de Avigdor continuava acesa. Ouvia-se o estalar seco do parquê, baques amortecidos pelo tapete, como se alguém pulasse e voltasse a pular.

Por essa época, veio a notícia que pegou a todos de surpresa: que Débora participara de uma seleção e que tinha ganhado uma bolsa de estudos numa academia de artes marciais.

— Artes marciais? — estranhou seu Samuel. — E o que ela vai lutar?

— Caratê — esclareceu dona Lube.

— Deus do céu.

Foi assim que Débora começou a chegar à casa dos Goldamovich com o quimono a tiracolo. Parecia mais musculosa e gorda do que nunca.

No final de uma tarde, antes de seu Samuel voltar do armazém, Avigdor e Débora saíram do quarto e foram falar com dona Lube. Avigdor fechou todas as janelas da sala, exceto a que dava para a sala de aulas de dona Zilda.

Avigdor falou e falou, enquanto olhava as meninas dançando. Dona Lube colocou as duas mãos na cabeça, depois no peito; levantou e fez menção de arrancar os cabelos — estava branca que era uma folha de papel. Avigdor parecia muito decidido e, fazendo que sim com a cabeça, bateu com a mão na coxa direita. Pegou a mão de Débora. Os dois levantaram. Dona Lube só pôde falar uma frase, antes que os dois jovens entrassem novamente no quarto:

— Seu pai vai me matar. Isso se ele não morrer antes.

A partir dali, dona Lube passou a andar descabelada, eternamente com olheiras, assustadiça como se visse fantasmas durante o dia. Quase morreu do coração naquele sábado em que, voltando do mercado, encontrou a porta do quarto do menino entreaberta. Avigdor e Débora estavam abandonados num beijo, muitas mãos fazendo muitas coisas, todas abrasadoras.

Não sabia se deveria rir ou chorar. Com medo, não fez nem uma coisa nem outra.

Lá no final de uma tarde, ia se armando um temporal. Seu Samuel chegou mais cedo do armazém e correu para fechar as janelas do quarto e da sala, que sempre ficavam abertas.

Foi então que viu e que não pôde acreditar.

Forçou bem a vista e chegou a se debruçar sobre a janela.

Não podia ser, mas era.

Na sala de aula de dona Zilda, as meninas rodopiavam e rodopiavam, giros rapidíssimos sobre o eixo do próprio corpo, cada uma delas traçando a diagonal perfeita da sala de aula. Ao fundo, bem ao fundo, junto ao espelho, foi aí que seu Samuel reconheceu a figura alta, esguia e de cabelos castanhos e que logo se arrojava em giros e giros, reproduzindo o trajeto das meninas.

Avigdor.

E o nome do filho num grito quase bestial ecoou pelas duas casas e pela rua, paralisando de terror e abismo todas as meninas e o menino e todos os transeuntes.

Quando o eco cessou e o silêncio se fez, Avigdor, de malha, correu à sua casa. Encontrou o pai caído no chão.

A ambulância encostou na frente de casa bem na hora em que dona Lube também chegava. Desesperada, entrou em casa. Encontrou Avigdor, de malha e pés descalços, abraçado ao pai em desespero.

Contrariando todos os temores, seu Samuel não havia tido um enfarto: desmaiara "por causa de alguma forte emoção", disse o médico.

Depois daquilo que considerou um vexame e uma traição, seu Samuel recusava-se a falar com o filho ou com a mulher. Deu a Avigdor um ultimato: ou largava o balé ou saía de casa. Jurava que ia morrer de desgosto por ser pai de um bailarino.

Quando Avigdor veio avisar que ele e Débora estavam oficialmente namorando, que ele não ia largar as aulas de balé de dona Zilda e que a futura sogra estava disposta a lhe dar casa e amparo, seu Samuel não só não ouviu a segunda e a terceira partes do aviso como não resistiu e desmaiou novamente. Dessa vez, pelo menos, acordou antes que se chamasse a ambulância e não mais cortou relações com o filho. Ao contrário: quando recobrou os sentidos, cobriu seu menino de beijos.

Seu Samuel voltou a desmaiar quando Débora foi chamada a representar o país nas Olimpíadas, mesma época em que Avigdor incorporou-se a um grupo mineiro de dança, mesma época, aliás, em que os dois se casaram, com a promessa de voltar a morar na casa de infância.

Quando nasceu o primeiro filho de Avigdor e Débora, o rapaz já fazia carreira internacional. Cada vez que Avigdor se apresentava no Brasil, seu Samuel não perdia o lugar na primeira fila. Felizmente, por essa época ele havia cessado com os desmaios a cada novidade. Em vez de desmaiar, chorava incessantemente.

O tapete persa sobre o qual Avigdor dançou seus passos inaugurais foi arrematado num leilão da Sotheby's. Todo o dinheiro foi revertido para uma ONG que o casal fundou, a "Pés pela Paz", já aclamada em todo o mundo.

No dizer de seu Samuel, os seis filhos homens de Avigdor e Débora são "todos estranhamente normais". Todos ainda estudam e todos, no tempo livre, trabalham com seu Samuel e com seu Arão, que se tornaram sócios na fábrica de camisas.

O que mais agrada aos avós é que os netos nem pensam em ser caratecas ou bailarinos — torcem o nariz para qualquer atividade física que os faça transpirar. Todos juram que vão seguir trabalhando com os avós nos negócios.

Netos, avós e funcionários da fábrica usam roupas brancas para ajudar a causa da paz capitaneada por Avigdor e Débora — há encomendas de camisas brancas com o logotipo da ONG até para a China.

Os Stern voltaram a morar na casa vizinha, porque dona Zilda, graças ao sucesso do pupilo, teve de alugar uma academia maior. O murinho que dividia as duas casas foi, finalmente, derrubado.

O brilho de todas as estrelas

O velho tinha aquele espanto com as coisas do céu. Com a ameaça de furacões e tormentas, com a possibilidade de geada ou neve, com a perspectiva de calor ou rajadas de vento. Dizia:
— Vai chover.
Ou:
— Vai fazer frio.
Ou:
— A pressão atmosférica baixou.

O cachorro, que sempre ficava aos pés do dono, trocava as orelhas. O filho, esse nunca respondia, nunca, muito menos escondia o ar de amuado. Passava grande parte dos dias trancado no quarto, ouvindo música no último, quase sempre com uns amigos, marmanjos que entravam e saíam feito sombras. O pai de vez em quando comentava:

— Pouca-vergonha.

Quando, na mesa de um almoço, o velho veio com aquilo de velocidade da luz e de as estrelas do céu não existirem senão no passado, o filho finalmente disse alguma coisa:

— Não vejo a hora de ir embora desta merda — deu um tapinha com a mão no ar. — Um velho e um cachorro, que saco — levantou-se e foi para o quarto, batendo a porta. O pai não reagiu.

Por isso, quando o filho arranjou emprego em Porto Alegre e foi embora de casa, o homem nem reparou muito. Continuou falando sozinho.

Sozinho, não. Continuou falando com seu cachorro.

Amanhecera fazia bem pouquinho, e ainda se ouvia, aqui e ali, o cocoricó de algum galo. A cerração se adensava mais e mais. Era muito frio.

Um cavalo de olhos sonados puxava uma carroça, que se sacudia em trancos no girar redondo. Caminhava a passo, e as ferraduras contra as pedras do calçamento levantavam um som cavo que percutia na neblina. Os paralelepípedos brilhavam de tão úmidos. O cavalo chegou a escorregar as ferraduras umas três vezes. Mastigava os arreios para se conter ao mesmo tempo que bufava seu cansaço.

Depois que a carroça passou tranqueando na frente da casa e que um galo tardio levantou seu aviso, a neblina baixou um pouco.

Foi quando a porta da casa se abriu. Duas figuras surgiram, vindas lá de dentro. Pararam na soleira.

Nem se mexiam.

De tão imóveis, as silhuetas pareciam levitar sob o umbral: um velho e um cachorro. Ernesto e Astro. A respiração do bicho se condensava em vapor e sumia no ar logo em seguida.

Como se o céu se partisse, um raiozinho de sol se infiltrou. Sol ralo, coisa de inverno, mas suficiente.

Foi assim, arregalado pela réstia de luz, que Ernesto falou:

— Amanheceu. A umidade relativa do ar está alta.

Descendo o pequeno degrau, comandou Astro:

— Vamos ver as plantas.

Caminhou, adiantando-se sobre o jardim. Astro foi junto, mas parou para levantar a pata e regar de urina espessa a azaleia. Logo emparelhou com o dono.

Diante do muro que separava a casa da rua, foi bem ali que Ernesto parou. A touceira de alfazema se projetava para o alto e para os lados, armação muito vigorosa. Ernesto abriu a metade de um sorriso:

— A lua mudou. Tudo floresce, até o que não é daqui.

Astro sentou sobre as patas traseiras. As duas orelhas se empinavam no alto da cabeça.

Ernesto arrancou um galho. Astro levantou o focinho. Os dois aspiraram o perfume recente, que logo se dissipou. Ernesto impôs a unha do polegar contra a polpa da planta, esmagando-a entre os dedos.

Uma névoa fresca veio do talo machucado. As narinas do homem se abriram, o perfume era vivo — tão constrangedor como pode ser flor rara em viço no inverno do Sul.

Ernesto agarrou ainda outro galho.

E outro.

E os esmagava entre os dedos, e a planta respondia com aquela pungência, um ar novo, qualidade de recém-feito.

Outro galho, mais outro, outros tantos, que Ernesto fechou bem apertados os olhos e aspirava com força, com bastante força, o cheiro era fino, chegava a lhe agulhar o fundo do crânio, o perfume era doloroso de atrito às narinas e subia até a testa e se esparramava pela fronte, latejando, como nevralgia. Uma dor.

A cerração foi se dissipando. Astro saiu de seu posto, deu a volta na casa e latiu para algum pássaro intrometido. Depois, fez o mesmo trajeto ao contrário e sentou ao lado do dono.

Ernesto nem percebeu o movimento de Astro: estava era concentrado na planta, de uma atenção dedicada e amorosa. Não que não amasse seu bicho, porque dizia a quem lhe perguntasse que amar um cão é uma coisa sem sacrifício. É que agora queria se dedicar às flores da alfazema, que finalmente se haviam aberto.

A planta, de fato, fulgurava. Os botões espigados pesavam em roxos-lilases, as folhinhas serrilhadas se avivavam num intenso verde tirando ao cinza, os talos eram longos e muito elegantes. Dava uma alegria de tanta saúde.

Os dedos de Ernesto cheiravam a lavanda, um perfume tão antigo. O mesmo que, anos antes, visitava todos os cômodos da casa e que, assim selvagem e fresco, se adoçava na nuca lisa, de onde brotavam os fios inaugurais da cabeleira negra. A nuca, o pescoço, o colo, os dois seios espremidos de fartura, o regaço — tudo com o mesmo cheiro espirituoso e limpo. Aquele pé de alfazema voltava ao que ali já não estava, feito a luz de uma estrela extinta.

De repente, Ernesto abriu os olhos e os lábios. Astro levantou. O velho atirou as folhas esvaídas no chão. Disse:

— Vai para dentro, cachorro.

Astro deixou cair as orelhas, as pálpebras e, por fim, a cabeça. O homem remendou:

— Desculpa. Vai para dentro, Astro.

Astro foi. Ele também.

Depois que os olhos se acostumaram à escuridão de janelas fechadas, Ernesto serviu de ração o pratinho de Astro, esquentou leite e passou café. Tirou um pedaço de pão dormido do armário. Comeu sem vontade.

Lavou a louça e caminhou até a janela. Ficou ali, parado, olhando.

Foi então que o telefone tocou. Ernesto atendeu e escutou um alô de vozinha fina e amaneirada, a mesma que não escutava fazia uns seis meses e que logo reconheceu como a do filho: vinha de visita no domingo, tanto tempo, ia levar um amigo, passariam o dia lá, e também tinha visto um telescópio, o pai poderia observar as estrelas de noite, até as crateras da Lua, o preço era bom, mil e quinhentos, de barbada, e também precisava de algum no bolso, se o pai quisesse ajudar, mais uns mil e quinhentos iam bem, muito bem, podia ser, tudo de acordo?

Ernesto permanecia parado, olhando pela janela. Os olhos se comprimiam para enxergar longe, o pé de alfazema, as narinas tinham a lembrança do perfume e daquilo que, sendo cheiro, parecia brilho tardio de estrela. Lembrou do filho pequeno, da pele lisinha, da boquinha cor-de-rosa, das covinhas no riso, dos cílios espessos e da bundinha gorducha. Foi só então que falou, a única reação antes de bater o telefone num tranco áspero:

— Enfia esse telescópio no rabo. Não me aparece na frente.

Quando o sol ia se pondo e a cerração já havia se escoado no buraco do tempo, Ernesto pegou a tesoura de poda na despensa. Abriu a porta da rua. Astro saiu correndo aos latidos, feito um raio.

A mesma carroça da manhã passava tranqueando na frente da casa, em sentido contrário. Astro ladrava e pulava junto ao portão. O cavalo mastigava os arreios e bufava.

Ernesto bateu a porta com força e avançou sobre o jardim. Astro desistiu dos latidos.

Deteve-se bem em frente ao pé de alfazema e ao constrangimento de flor em viço no inverno de Cima da Serra. Astro sentou. O velho empunhou a tesoura e curvou-se adiante, como para cortar os galhos, mas a mão estacou, suspensa e boba. Disse:

— Meu Deus.

Astro ficou parado sobre as patas traseiras, enquanto as dianteiras buscaram o apoio dos ombros do dono. Ernesto retribuiu o abraço. Ficaram assim por um bom tempo. Até que Astro lambeu o rosto salgado do dono.

O velho deu duas batidinhas no dorso de Astro, que voltou ao apoio das quatro patas:

— Não é nada. É que dói.

Ernesto limpou o rosto com a manga do casaco e voltou a empunhar a tesoura. Curvando-se, cortou vários talos floridos com muito cuidado. No fim, armou um buquê. Falou:

— É hoje. Faz quatro anos.

A alfazema que fulgurava, as flores, as folhinhas serrilhadas, o verde tirando ao cinza, tudo existia de maneira mais eficaz — um ramalhete. Como se tratava de amor e como amava o cachorro, bateu a mão na perna, ordenando que Astro caminhasse junto. Falou:

— Vamos.

Os dois cruzaram o portão. Ernesto consultou o céu:

— Amanhã vai ser um lindo dia.

Partiram, consolados. As estrelas, mesmo mortas, brilhavam.

Um coração de mãe

Para Geni Moscovich, que sobreviveu

A novela das oito já estava acabando quando dona Dóris começou com uma queimação na boca do estômago.

Estranhou, não era de sofrer com males do estômago, a digestão quase sempre boa e certa. Baixou o volume da tevê, largou o controle remoto a seu lado na cama e pousou a mão sobre o abdômen. Considerou que não devia ter se deitado logo depois da janta, o estômago pesava, podia até ser um resfriado daqueles, o tempo andava uma loucura, o organismo não tinha como resistir. Sem tirar os óculos, fechou os olhos. Desabituada de tomar remédios, esperaria.

Ao longe, ouviu-se a sirene de uma ambulância. Dona Dóris abriu os olhos, espantada. Pediu a Deus que poupasse aquele doente, e que dela não se esquecesse. Fazia isso — rezar pelos pacientes trazidos pelas ambulâncias para o hospital ali perto — várias vezes ao dia. Voltou a fechar os olhos, era só ficar bem quietinha que tudo iria passar.

Meia hora depois o mal-estar persistia, ainda maior. Um arrepio denunciava uma ponta de febre. Dona Dóris pensou que a impertinência do corpo estava indo longe demais, só faltava vômito ou diarreia; se a indisposição continuasse, teria de chamar alguém, era impossível uma mulher na idade dela ficar doente e sozinha, não tinha uma pessoa que lhe alcançasse um copo d'água.

Deu-se conta de que precisava telefonar para os filhos pedindo ajuda, coisa que, do fundo da alma, odiava fazer. Mais uma vez eles diriam, troçando, que a mãe se queixava tanto de pequenas indisposições que, quando passasse *verdadeiramente mal*, ninguém iria acreditar, ela tinha mais saúde do que qualquer um dos filhos, um cavalo de tão forte e resistente. E se poriam a rir, rir, rir, mancomunados no deboche, como se ela fosse uma caduca, e só ririam assim porque o pai deles tinha morrido, na frente do marido ninguém a trataria como aqueles moleques tratavam. A falta que Gildo fazia. Que falta.

Sem o marido, a casa se tornara enorme, e dona Dóris padecia de solidão, isso os filhos não entendiam, nem o medo da morte que ela passou a sentir, a cama de uma viúva um lugar árido e oco. Para eles, os filhos, era fácil debochar da própria mãe, eles que tiveram tudo, que casaram com quem bem entenderam, que começaram a brigar pela herança do pai nem bem o corpo tinha esfriado, Dinho e Fábio se fazendo de pobres coitados, José e Ana se estranhando até por causa de uma coleção de selos, irmão passando a perna em irmão. Dona Dóris não reconhecia mais suas crianças, preferia morrer a ser mãe de umas criaturas mesquinhas, sem-vergonha e oportunistas como aquelas em que seus filhos se tinham tornado.

Apesar do calorão febril, dona Dóris decidiu que não queria ver os filhos nem pintados de ouro, fossem plantar batatas, tomar banho, cachimbar formigas, o que fosse, desde que longe dela. Iria ficar boa sem ajuda nenhuma. Aliás, como de costume. Tirou os óculos.

Mais meia hora, e não só a queimação havia aumentado, como os braços e pernas começaram a pesar. Feito uma labareda, o ardume subiu pela garganta mais e mais, indo abrasar até os dentes. Dona Dóris gemeu, o que fez com que a chama de acidez se transformasse em dor. Cascateando, num movimento ágil, a dor se expandiu pelo peito, pelos ombros, pelas costas. O pescoço parecia frouxo e molenga.

Ela se *sentia mal*.

Aliás, ela se sentia *verdadeiramente mal*.

Pensou que as pessoas morriam mesmo de repente, num minuto se respira, no minuto seguinte não se respira, era mais sensato telefonar para os filhos, Gildo costumava dizer que só se podia contar mesmo com os do sangue. Por outro lado, ponderou, por outro lado o marido não sabia que os do próprio sangue podiam se transformar nos piores inimigos; se ele tivesse visto os monstros em que seus filhos haviam se tornado, morreria de novo de puro desgosto. Não ia telefonar coisa nenhuma. Ela dera conta de quatro filhos, e quatro filhos não podiam com uma única mãe.

Pensou que talvez devesse mesmo contratar um daqueles planos em que se chamava uma ambulância para dar assistência, mas quem abriria o portão do edifício para os enfermeiros?

Voltou a colocar os óculos e, muito devagar, foi até o banheiro, arrastando as toneladas em que se haviam tornado as pernas. No armário que fazia de farmacinha, pegou um sonrisal, que dissolveu em meio copo de água. O chiado da efervescência acendeu nela algum alívio, o estômago agradecendo num arroto ruidoso.

Quis se lembrar de algo que tivesse comido e que pudesse ter feito aquele estrago todo. Café com leite, pão com queijo, como aquilo podia fazer mal?

Escorando as duas mãos no mármore branco da pia, examinou o rosto no espelho. Tirou os óculos. Puxou a pele das bochechas em direção às orelhas: remoçava. Logo, no entanto, uma golfada ardente subiu pela garganta, atrapalhando a breve alegria, e dona Dóris se viu obrigada a soltar o arranjo esticado de pele. Impressionada, não se reconhecia naquelas sensações horrorosas, muito menos no rosto da própria velhice.

Voltou os óculos para o rosto. Tomou mais um sonrisal. Dessa vez, o alívio não veio. Sentou-se na privada e urinou brevemente. Escorou os cotovelos sobre os joelhos e apoiou o queixo nas palmas das mãos; teria adormecido ali não fossem os pés gelados.

A custo voltou para o quarto. Parecia que tinha uma espada em brasa enfiada na garganta e outra, ainda mais longa e pontuda, varando as costelas e a espinha. Puxou as cobertas e deitou de lado. Em alguma parte ouvira que deitar de lado era bom para problemas do estômago. Chegou a estender a mão para apagar o abajur mas, cansada, interrompeu o gesto. Arrotou longamente e com uma espécie de asco. Ouviu-se novamente a sirene de uma ambulância. Não teve ânimo para rezas.

Devia ter adormecido, porque despertava como se fosse de repente, em sobressalto. Um fio de suor desceu em direção ao pescoço, e dona Dóris percebeu que a fronha do travesseiro estava já empapada. A luz do abajur parecia ter esquentado tudo em volta. Aqueles calorões, fogachos que, de repente e sem motivo, já incendiavam o rosto. Ela tentou inspirar bem fundo, mas a respiração estava curta e o pulmão se negava ao volume. Uma bolha de ar veio do meio do peito e subiu pela garganta, diluindo-se num barulho de ploct em algum canto oco do crânio.

Apoiada nos cotovelos, recostou-se nos travesseiros. O movimento um tanto brusco fez com que ela enxergasse estrelinhas e clarões. Sabia que os líquidos do corpo se reordenavam e que logo aquela zonzeira ia passar, impressionante do que uma simples indisposição de estômago era capaz. Precisava se distrair e, tateando o controle remoto entre os lençóis, aumentou o volume da televisão. A voz do locutor de um comercial era grave, redonda, pesada. Um zumbido surgiu no ouvido direito. Balançou a cabeça vezes seguidas tentando se livrar daquilo — a cada movimento a tontura aumentava, uma ânsia de vômito muito grande aplastou-a contra a cama. Teve medo. Rezou.

A respiração se tornava mais curta. E mais curta. Um cordão de grosso suor desceu da testa e, escorregando pelo pescoço, causou um arrepio. Aquele calor dilatava todas as veias, fazendo com que ela sentisse o tum-tum do coração pulsando no ouvido, o sangue bombeado em jorro, em jorro também o refluxo, o movimento se escandindo em consoantes, amontoados de efes e de esses. Os sons e ruídos que vinham de seu corpo, aqueles que nunca escutara tão nítidos e tão revelados, conformavam uma sinfonia agourenta — a saúde sempre tão silenciosa.

Largou os óculos em cima da mesinha de cabeceira e escorregou na cama, procurando se deitar. Olhos postos no teto, respirava pela boca, o pulmão recusando-se a cumprir seu trabalho. Percebia o coração aos arrancos, ritmo desengonçado, batidas que pulsavam muito antes ou muito depois do que deveriam. Pensou que o coração estava era batendo muito e que logo iria cansar e que, de fato, ela própria já estava cansando.

Deveria chamar um dos filhos, quem sabe José, mas àquela altura o telefone tocando ia matar todo mundo de susto, a nora não ia perdoar o chamado e azucrinaria com impaciência sem disfarce, aquela desclassificada. Desclassificada ainda era pouco; a nora tinha vindo com aquela conversinha de asilo, como se asilo fosse lugar bom, como se um monte de velhos juntos fosse divertido: ela ali, morrendo, e a nora no bem-bom, aquela vaca.

Uma pontada abaixo do seio fez com que deixasse de pensar na nora e no filho — doíam-lhe as costelas, e era de repente uma pontada aqui e outra lá, como se cada artéria e cada minúscula veinha resolvesse percutir de forma dolorida as batidas do coração.

E se ligasse para o Dinho? E para o Fábio? E que horas eram aquilo? Na televisão, um filme de cores desmaiadas ia anunciando a madrugada.

Não podia ligar para Dinho porque o filho estava viajando, aquele lá sem nem telefonar para saber se ela estava viva ou morta. Muito menos ia ligar para Fábio, aparecia uma vez na vida outra na morte, nunca atendia ao telefone, deixava sempre a secretária eletrônica ligada, imagina se a última coisa que fazia na vida era conversar com uma máquina?

Tentou inspirar com força e o peito lhe doeu. Ia-se ver era o fato de ter sentido ódio da nora que lhe tinha causado tantos males. Quis muito, como quis, ver a filha, a única mulher, a única a quem poderia perdoar, mas tão longe ela andava, aquela coisa de viajar, viajar, viajar, era natural que se arranjasse um estrangeiro, um genro que levou a filha para longe, como se ele próprio, o genro, não fosse filho de uma mulher e não soubesse que não se deve apartar a mãe de suas crias.

Só que nem era coisa mais de pensar ou de querer chamar um dos filhos. Os ouvidos agora acusavam sons aquáticos, como se o ar se tivesse transformado em água.

O tempo passando, outra vez se ouvia a sirene de uma ambulância. Foi quando decidiu que não iria esperar a morte. Tinha o hospital ali perto, duas quadras, iria se salvar.

Levantou-se sentindo repuxar cada minúsculo nervo. Apoiando-se na parede e nos móveis, chegou até o armário. Entre pausas e muito suor, pegou um vestido estampado num cabide bem à mão. Também colocou o casaquinho de malha, que estava arejando na cadeira. Teve de voltar para buscar os óculos sobre a mesinha de cabeceira. Ao dar volta com o corpo, desorientou-se, e clarões desesperados estouraram nos olhos. Precisava de calma, ela sabia, calma e paciência. Sentou-se na cama e esperou algum tempo, até pararem os clarões. A voz de um ator em um filme dublado era anasalada e maçante. Pegou o controle remoto e desligou a televisão.

Saiu ao corredor. Abrindo ambos os braços, escorava-se numa e noutra parede, e a cada passo um som cavo estremecendo a cabeça, náuseas que eram muito maiores do que as que tivera quando grávida. Ao apanhar as chaves que ficavam junto à porta de casa, as pernas pareciam independentes do corpo, intumescidas e grossas, como se o sangue se tivesse espessado. Mesmo assim, apoiou todo o peso do corpo para baixar a maçaneta e abrir a porta. Caminhou por inércia.

Quando deu por si, já estava no jardinzinho em frente da casa. Ficou parada junto aos jacintos, recuperando o fôlego. Um vento gelado soprou, parecia um castigo. Ela decidiu que era melhor rezar, tinha de conseguir, Deus ia mandar um táxi, o vizinho do lado iria chegar de alguma festa, um carro dirigido por uma boa alma ia passar por ali, um guarda faria a ronda.

Dona Dóris voltou a lembrar do marido com saudade impressionante. Embora o coração disparasse, parecia que a lembrança do rosto do companheiro lhe dava mais ânimo. Ela ia conseguir, com um pouco de sorte.

Um passo adiante, desequilibrou-se. O abdômen parecia distendido, cheio de um veneno aquoso, e era como se todo o líquido errasse de caminho em seu organismo, depositando-se em cavidades ainda mais equivocadas. Nas retinas, espocavam luzinhas de todas as cores.

Agarrou as abas do casaquinho e transpassou-as junto ao peito. Esperou que o equilíbrio voltasse. Quando se sentiu mais segura, como um bicho que investe contra o adversário, baixou a cabeça e arremeteu. Desnorteada, exausta, caminhou como pôde, as narinas pareciam cheias de areia, bolhas de ar se evadindo do pulmão e estourando contra o céu da boca.

Sem acreditar, chegou até a esquina. Os pés estavam molhados de suor, o coração batia como se fosse nos ouvidos, enlouquecido. Ela tentou respirar com força, mas o pulmão se opunha, inflexível e repleto. Dona Dóris entendeu que não podia mais, que o pulmão feito de pedra estava falhando, que o coração espaçava as batidas. Os olhos começaram a escurecer e escurecer. A luz que vinha de um poste minguou bem aos pouquinhos. Foi o tempo de tentar se agarrar em alguma coisa, que não existia. Não sentiu mais seus pés. Caiu num escuro gelado.

Com um ardor no queixo e o coração aos trambolhões, o mundo foi voltando a se compor. Próximo, bem próximo dos olhos, dona Dóris enxergava seus óculos, um saco plástico e dois tocos de cigarro. O rosto ardia. A luz baça que vinha de um poste se tornara furiosa como um sol. Ela entendeu que havia desmaiado e que devia tentar se erguer do chão a todo custo. Doía o cotovelo direito, o joelho pulsava de uma espécie aguda de nevralgia. Dentro do pulmão endurecido, sentia um movimento como de água que se agita, uma onda refluindo e depois se projetando, marolas dentro das costelas, um volume de mar. Mas tudo dependia dela, a morte não ia chegar daquela forma besta, uma mulher que cria os seus não merece morrer na sarjeta. Lembrou das carinhas dos filhos quando pequenos, crianças lindas, pena que tudo acabou daquele jeito, cada um para um lado, cada um com sua cota de pilhagem, e ela sem o amor que a salvasse, nenhum deles merecia ter na boca a palavra doce de mãe. Outra vez pensou no marido e deu graças aos céus por ele estar morto e não ver a tristeza em que havia se transformado sua família.

Girou o corpo lentamente e, convocando cada milímetro de cada músculo, apoiou o corpo no cotovelo esquerdo, logo o antebraço ajudava e logo o outro braço servia de apoio, e colocou-se de quatro, joelhos e mãos em ardência, o tronco a se erguer em desafio de toda a impossibilidade. Os passos seguintes foram dados como que dentro de um aquário, os ouvidos acusando borbulhas que escapavam de uma densidade líquida. Não sem horror, rezou.

Impressionada com a própria solidão, dona Dóris viu que um rapaz estava parado na esquina. E que, um pouco adiante, o hospital se erguia, janelas iluminadas, faróis de carros entrando e saindo. Viu que o rapaz arrumava uma pilha de jornais. Ela apoiou-se no tapume de uma obra, buscando equilíbrio no chão irregular de pedras e areia. O rapaz sentou sobre os jornais e acendeu um cigarro. Dona Dóris olhou o menino e, no rosto meio sombreado por um boné, imaginou as feições de seus filhos, cada um deles, um por vez, e viu cada um deles como figura à distância, todos apartados como por séculos, uma gente débil, criaturas que não podiam com o direito de cuidar de uma mãe.

Só então decidiu, e a decisão causou nela grande alívio, como se fosse próprio de uma mulher arbitrar sobre aquela classe de coisas.

Dona Dóris deu dois passos trôpegos. Fechou os olhos. Primeiro as pernas se dobraram, o corpo se inclinou para trás e os joelhos bateram contra o chão, estourando numa papa de areia e sangue; depois o tronco se projetou para a frente, as palmas das mãos resvalaram contra os pedregulhos, os cotovelos se ralaram, e o rosto bateu flácido contra a calçada. Os óculos se projetaram do rosto, agônicos.

O jornaleiro jogou longe o cigarro e correu para socorrer. Mas então tudo estava resolvido.

Aos sessenta e quatro

Will you still need me, will you still feed me
When I'm sixty-four?

Lennon & McCartney

Neide nunca tinha pensado naquilo até que, mexendo um cremezinho de laranja na cozinha, a tevê sobre o balcão ligada, a nutricionista do programa das dez da manhã falou:

— Ninguém é obrigado a parecer velho.

Tirando aquela prisão de ventre que fazia até inchar a barriga, a bexiga que andava meio solta, a pressão que não baixava de jeito nenhum e a canseira provocada por aquele horror de exames que o médico tinha pedido, Neide considerou que, aos sessenta e quatro anos, até que não parecia velha.

Mexeu o creme com mais vigor. A dermatologista deu aparte:

— Alguns estudos afirmam que a velhice começa aos trinta e seis anos de idade.

Aos trinta e seis, ela já era casada havia doze anos com João Carlos, já era mãe dos gêmeos, já sustentava a casa e tinha até contratado uma auxiliar só para atender as freguesas que batiam palmas no portão. Aos trinta e seis anos, João Carlos já tinha sido despedido da firma e já indicava que ia se tornar um deprimido de marca e um desempregado crônico. O fogão de seis bocas e a campainha com barulho de sino vieram depois, e seus préstimos de doceira eram anunciados numa tabuleta de madeira na qual se havia escrito com tinta de parede "Vende-se tortas".

A apresentadora, que já nem era tão mocinha, considerou que tudo dependia do estado de espírito da pessoa e das escolhas feitas durante a vida:

— Às vezes é preciso dizer não.

Neide pensou que falar era fácil e que mais a vida mandava do que ela escolhia. Na tevê, a palavra era do geriatra, um homem robusto, de tez bronzeada e cabelos fartos e grisalhos:

— As pessoas podem continuar sexualmente ativas até a morte. Literalmente, o amor não tem idade.

Neide sentiu uma tontura, e, de repente, a colher de pau caiu ao chão com barulho, espalhando pingos grossos de creme sobre o piso de cerâmica branco. Foi bem na hora em que João Carlos entrou na cozinha: estava com sede. Ainda tonta, ela se abaixou para juntar a colher, momento em que reparou que as pantufas de lã do marido eram sebentas, mancha em cima de mancha. Levantando o tronco não sem dificuldade, varreu com os olhos a figura diante de si: o pijama azul de listras estava tão acabado que nem dava para pano de chão, e a barriga do marido, que se tornara saliente como se ele trouxesse uma bola logo abaixo do peito, esgarçava as casas dos últimos dois botões. A tontura deu uma pequena trégua, o suficiente para que ela se desgostasse à visão do descaimento.

Passou a colher de pau no jato da torneira e voltou a mexer com energia a espuma que já ia levantando na fervura. João servira-se de água e permanecia de pé, o copo de vidro grosso na mão, olhando para ela. Refeita e conformada, Neide pediu pelo amor de Deus que ele fizesse a barba, tomasse um banho e trocasse de roupa, ela ia fazer o almoço assim que acabasse o bolo de laranja do seu Alcindo. João Carlos reagiu:

— Mas seu Alcindo encomendou bolo de laranja de novo?

Bom, não era da conta dela, muito menos dele. João Carlos saiu da cozinha em passos lentos equilibrando a água no copo, comentando que seu Alcindo agora dera para comer bolo de laranja toda semana, bolo com chá, coisa de velho.

Neide ia responder mas se conteve. Consultou o relógio na parede, desligou a televisão e baixou o fogo. Revirou o creme que ainda borbulhava, pof, de vapor quente, um cheiro doce que lembrava o mingau dos gêmeos. À lembrança dos filhos, sorriu com ar lamentoso, ela que vivia cheia de suspiros pelos dois. Lembrou do trabalho danado para embalar as crianças, noites em claro, manhãs zonzas lidando com as panelas, de onde tinha tirado forças? João Carlos nunca estava onde dele se precisava, aquela depressão, aquela apatia, João Carlos e suas muitas horas de sono, João Carlos derrotado antes do jornal da meia-noite e bem depois do despertador que o tirava da cama, uma pessoa envelhece só de cansaço e solidão. Sessenta e quatro anos podem ser cem.

Colocou a tampa na panela, lavou as mãos na pia. De dentro do guarda-louças, tirou um calhamaço de envelopes com diferentes tamanhos. Rasgou o adesivo que servia de lacre ao maior deles, que deveria medir seu quase um metro de altura. Já ia puxando os papéis lá de dentro quando se interrompeu e falou bem alto:

— Besteira.

A campainha de sino estremeceu a casa, e ela correu a atender a cliente da torta *macron* e a senhora das duas marta-rocha. Enquanto despachava as freguesas, o telefone não parava de tocar, era sempre assim, havia horas em que tudo era calmaria, outras em que o mundo vinha abaixo, e ela lamentou que tivesse mandado as duas ajudantes fazer entregas na rua. O telefone insistia: duas tortas de papo de anjo, ameixas e fios de ovos, um pudim assis-brasil e três centos de caramelados para o fim de semana seguinte.

Quando Odete e Rosália chegaram, ali pelas duas da tarde, o almoço já fora servido e João Carlos dormia a sesta. Neide pediu que as ajudantes colocassem o bolo de laranja de seu Alcindo na geladeira, que adiantassem o pão de ló das tortas, a merengada de duas coberturas e que enrolassem duzentos brigadeiros, ela tinha que sair, quando voltasse da rua traria mais ameixas secas, amêndoas e ovos, qualquer coisa que faltasse, o celular estava ligado. Falando nisso, lembrou de telefonar para seu Alcindo, pedindo que ele viesse buscar a encomenda pelas sete da noite.

Neide trocou de roupa e pegou os envelopes que estavam no guarda-louças. Quando saiu, Odete batia claras em neve e Rosália desenhava, no capricho, um coração de glacê para uma torta de casamento.

Quando Neide pensou que não ia mais suportar aquelas pessoas abatidas e muito menos as conversas de horrores na sala de estar do consultório, quando já se tinha convencido de que tudo era só excesso de zelo, os médicos faziam drama por nada, ainda mais aquele que nem gastava dez minutos com cada paciente e que tinha pedido exames de todos os tipos e feitios, foi aí que a porta se abriu e seu nome foi chamado.

Ela entrou quase correndo no consultório. Sentou-se diante do médico e entregou os envelopes. O médico tirou lá de dentro várias chapas com imagens que pareciam repetidas. Olhou as chapas contra a luz, uma por uma, olhos apertados, o braço se esticando para a mão segurar em pinça as lâminas de cor cinza, quase negra. Desdobrou uma folha de papel impressa e leu. Voltou a olhar as chapas, a ler o papel, fixou-se em alguma coisa na tela do computador. Coçou o alto da cabeça e olhou para Neide.

O silêncio do médico perturbava, e ela falou que tinha pensado em ler o resultado e que depois tinha desistido, o doutor sabia como as pessoas eram impressionáveis, a gente acha que tem tudo quando não tem nada, que coisa, como a imaginação cria uns monstros. O homem não respondeu, a fala de Neide ficou zoando confusa no consultório, e ela apertou os dedos contra a palma da própria mão, e também coçou o nariz, se pudesse teria mexido as pernas que pareciam estar dormentes. O médico tirou um livro bem grosso da prateleira e deu uma folheada. Neide, adiantando o corpo, sentou-se quase na beirinha da cadeira. Quando o homem fechou o livro, olheiras acinzentadas pesavam de repente abaixo dos olhos, o rosto desfigurado. Ele pegou a folha de papel e sublinhou uma das linhas.

— Tem uma coisa aqui — disse, batendo com a ponta da caneta no que deveria ser o "aqui" a que se referia.

Neide olhou para a ponta da caneta, para a unha do médico e para os livros na prateleira ao lado da escrivaninha. Lembrou da dermatologista dizendo que a velhice começa aos trinta e seis anos. O que ele estava querendo dizer? O homem largou a caneta e espalmou as duas mãos, alisando com minúcia a superfície do papel:

— A senhora tem vindo sozinha às consultas, dona Neide.

Ela respondeu rápida:

— Odeio incomodar os outros.

O médico aproximou o corpo da escrivaninha:

— Dona Neide, na nossa primeira consulta, a senhora disse que tem marido e dois filhos. Será que poderia voltar aqui amanhã acompanhada?

As pernas de Neide passaram a pesar perto da imobilidade. Se os gêmeos tinham apostado todas as economias numa granja de frangos em Goiânia, e se o marido passava a maior parte do tempo deitado com aquela depressão cavalar, quem iria acompanhá-la? Veio uma vontade urgente de urinar, um calorão que subia pelo tronco e se tornava um gelo bem no centro da barriga:

— Por que o senhor quer que eu venha acompanhada?

O médico sacudiu a cabeça de um lado a outro:

— Porque vamos ter de fazer um procedimento.

Neide sentiu um grande sono. O médico insistiu:

— Dona Neide, a senhora me escute. Temos de operar com urgência. Podemos contar com alguém de sua família?

Neide não pensava mais direito. Vinha-lhe à mente o sacrifício que foi pagar o aviário dos meninos, a imagem dos ovos das poedeiras, da merengada, das ameixas secas, das duas tortas que ainda deveria preparar para o dia seguinte, do bolo de laranja de seu Alcindo, tudo estava encaminhado com os filhos e com a produção dos doces, e mesmo assim era inútil. Ela falou:

— Doutor, acho que o senhor está exagerando.

O médico consultou o relógio e passou a mão pelos cabelos.

— Dona Neide, a única opção é cirurgia. Depois, se tivermos sorte, quimioterapia. A senhora não pode varrer isso para debaixo do tapete.

Neide pensou que ia enlouquecer.

— Uma pessoa como eu, saudável e ativa? Faça-me o favor, doutor.

Antes que o médico pudesse reagir, ela deu de mão nos exames e deixou o consultório batendo a porta atrás de si. Entrou no primeiro táxi que viu pela frente e mandou tocar para o mercado público.

Tinha mais coisas a fazer do que ficar dando trela a urubus de convênios médicos.

Neide chegou em casa carregada de sacolas: ameixas secas, amêndoas, duas dúzias de ovos, geleias de dois tipos, doce de leite uruguaio, *halawe* libanês, laranjas em calda, nozes chilenas, passas de uva branca e damasco seco. Odete e Rosália correram a ajudar e estranharam tanta compra. Neide respondeu que tinha dado vontade, e foi guardando os envelopes dos exames dentro do guarda-louças.

Odete e Rosália já estavam indo embora quando seu Alcindo chegou para buscar o bolo de laranja. O homem entrou na cozinha, todo educado e, como de costume, um asseio só: dele vinha um cheiro forte e seco de loção após-barba. Neide observou que ele cortara os cabelos, abundante apesar da idade, e que o grisalho ficava cada dia mais parelho, um tom de prata que era bonito feito uma lua cheia. Ela fez um embrulho cuidadoso, igual a todas as muitas vezes em que seu Alcindo vinha buscar suas encomendas. Ele falou:

— A senhora cozinha feito uma fada, dona Neide.
Ela corou.
— Fadas não cozinham, seu Alcindo.

O homem ia falar mais alguma coisa, mas Neide comentou que era tarde, tinha ainda a janta por fazer, acompanharia o cliente até o portão. Depois de se despedirem, seu Alcindo ainda ficou parado na calçada, olhando para Neide, que já tinha dado volta com o corpo para entrar em casa. No umbral da porta, ao perceber que o homem permanecia imóvel com o embrulho nas mãos, ela falou com alguma rispidez:

— Boa noite, seu Alcindo.

Ele baixou a cabeça e seguiu pela rua. Ela entrou rapidamente em casa e escorou-se contra a porta.

João Carlos só apareceu na cozinha na hora da janta. Comeram em silêncio, como se estivessem atentos às notícias na tevê. Na hora da novela, o marido não parava de bocejar. Neide falou que iria arrumar a cozinha, finalizar duas tortas e tomar um banho. João Carlos saiu da cozinha arrastando os chinelos. Levava um palito preso entre os dentes.

Neide arrumou tudo com método. Já no banheiro, foi girar a torneira da ducha, e o jorro redondo, a água no chão do boxe formando uma poça bem grande e logo a poça se escoando, redemoinho pelo ralo, e mais água, poça, redemoinho, ralo, redondo. Nua, Neide esperava que a água do chuveiro esquentasse: braços enrolados contra o corpo, deu as costas para o espelho, fazia anos que não via a si mesma refletida, os seios pesavam em dobras, a barriga sobrando flácida, não merecia o desgosto de se olhar no espelho, uma mulher de sessenta e quatro anos não tem o corpo de uma mocinha de vinte.

Fiapos de vapor anunciaram que a água estava quente, e ela deu um passo para dentro do boxe, pé na poça de água e, emparelhando o outro pé, os dois pés e pernas paralelos, ficou toda ela parada debaixo da ducha. A água batia no alto da cabeça e escorria pelas costas, pelo peito, pela barriga, pelas coxas rosadas de tão carnudas. Os dedos dos pés, polpudos, enrubesciam aos pouquinhos.

Encheu a palma côncava com xampu e passou de leve a mão sobre os cabelos. Sentiu que se ia adensando uma espuma com cheiro de frutas, entre o morango e a uva, como um chiclete de cheiro doce ou como um xarope em que a anilina imita a cor forte do açucarado. Um vapor tão limpo. No entanto, ela passava a mão na barriga e se apalpava no umbigo e abaixo dele. Sentia dor.

Saiu do banho e vestiu um roupão. O sopro do secador vinha perfumado do xampu, e ela ficou muito tempo ajeitando os cabelos. Quando chegou ao quarto, João Carlos dormia a sono solto. Deitou-se e, no escuro, sentindo o corpo frouxo do marido, chorou e chorou por horas a fio. Conciliou o sono madrugada alta. Àquela altura, já havia decidido o que deveria ser feito.

Na manhã do dia seguinte, Neide saiu do quarto com o rosto inchado. Devagar, como que ofuscada pela claridade do dia, seguiu até a cozinha. Abriu o caderninho de endereços e, dando de mão no telefone, fez um número. Do outro lado da linha, um dos filhos disse um alô pastoso e sonolento. Ela pensou que os filhos se parecem com os pais e foi direto ao ponto:

— Vou me separar do seu pai.

João Pedro inquietou-se, àquela hora da manhã um telefonema daqueles, não entendia o que estava acontecendo, ela e o pai haviam discutido?

— Você sabe que seu pai não discute. Levem João Carlos para Goiânia.

O rapaz tentou dissuadir a mãe, uma vida inteira juntos, o que o pai faria na granja?, ela fizesse o favor, àquela hora da manhã não se tomavam decisões tão importantes. A mãe cortou o assunto:

— Não posso agendar uma hora do dia para tomar decisões. Você e João Paulo são responsáveis por ele.

O rapaz se desesperava, tanta coisa acontecendo, ela era uma mulher casada e deveria cuidar do marido, eles nem sabiam como cuidar do pai. Neide se irritou:

— Garanto que cuidar do pai de vocês é o mesmo que lidar com titica de galinha.

E bateu o telefone.

Nos dois dias que se seguiram, uma grande agitação sacudiu a casa de dona Neide. Novas encomendas foram suspensas, e Odete, Rosália e a patroa se esfalfavam e se viravam em muitas para atender os pedidos feitos na semana anterior.

Os dois filhos chegaram de Goiânia e tentaram de todas as maneiras fazer a mãe mudar de ideia, aquilo era um doidice, separação aos sessenta e quatro anos de idade, será que a mãe estava ficando senil? Atarefada com seus quitutes, Neide se limitava a responder que nunca estivera tão lúcida, que amava os dois filhos acima de todas as coisas e que não estava disposta a cuidar de mais um filho, ainda por cima um sessentão, agora era a vez deles.

João Paulo e João Pedro logo viram que não havia o que fazer. O pai iria para Goiânia e seria acomodado no quartinho dos fundos da granja. João Carlos protestou, não ia ficar o dia inteiro cheirando esterco de galinha, ele era um homem deprimido, merecia respeito, era assim que os filhos tratavam o pai doente?

Ao saírem para o aeroporto, levavam duas sacolas cheias de pijamas, camisetas e chinelinhos de lã. Neide acompanhou os três até o portão. Beijou os dois filhos demoradamente. Abraçou João Carlos, que rechaçou o carinho:

— Sua louca.

Ela sentia muita sede. Máscaras, monitores, fios, cabos, tubos. Deitaram-na. Grudaram eletrodos pelo peito. Alguém armou um torniquete em seu braço, avisaram que ela ia sentir uma picada e um gosto metálico na boca. Acima de todos eles uma grande luz redonda providenciava a energia de um sol, um sol redondo, uma lua redonda, e achou engraçado que, numa hora daquelas, solene, a grande luz redonda lhe lembrasse o redondo da ducha e o redondo da fôrma de bolo e o redondo do sol e da lua, e ela sentiu, sabe Deus como, que o torniquete do braço se soltava, e era o rosto de alguém conhecido que entrevia, traços tão imprecisos, o redondo do rosto, da luz, da ducha, do ralo, da fôrma e do bolo, da lua e do sol, como se água se juntasse no chão do boxe do banheiro, poça bem grande, logo a poça se escoando, era como a bexiga dela se esvaindo, ela estava se mijando, quis avisar aos médicos, redemoinho pelo ralo, e mais água, poça, redemoinho, ralo, redondo, peso redondo, uma náusea que logo desabou num sono pesado como um maciço de metal dentro d'água, e ela enfim via o rosto do homem que queria ver.

Dali a pouco ela se reconheceu, o teto branco e parado, o corpo pesado, os olhos querendo fechar, o tempo passando ou não passando, a consciência de cada segundo e, antes, a consciência de cada fração do segundo fazendo tum tum na têmpora, tum tum no fundo do ouvido, um sibilar lento e cheio de esses, o ar imposto e comprimido, dois tubinhos plásticos dentro de narinas, o ar que ia cavoucando o nariz e abria um buraco seco e gelado entre os olhos, logo abaixo da testa. E logo adiante havia uma enorme janela de vidro e logo uma massa compacta de vegetação e, como se fosse possível, mas não era, e já era, de repente, do nada, uma balburdiazinha, coisa de nada, o pio de um pássaro, inacreditável mas era o pio de um pássaro ou o pio das galinhas dos filhos, mas era, sim, pio de pássaro e outros pios de pássaro e um trinado e algo assim e ela percebeu que amanhecia ao cantar de sabiás no pátio do hospital.

Ela soube que a luz gera o tempo e que o cheiro de baunilha que sentia era igual ao do mingau dos gêmeos e que o rosto do homem que se aproximava ia dizer alguma coisa. E disse:

— O médico mandou dizer que tudo correu bem. Seu marido já foi avisado. Descanse.

Um grande alívio lhe ocorreu, e ela pensou que morrer era tão fácil e agradeceu a Deus muito e muito, ainda mais porque, ao fechar uma porta, Ele lhe abrira uma janela. Pensou também que ninguém é obrigado a parecer velho e que pior que envelhecer era morrer. Pensou que a doença era da vida e que os gêmeos ficariam preocupados assim que Alcindo lhes avisasse da cirurgia e da mudança das coisas. Pensou, pensou, pensou. Entregou-se ao torpor com quase felicidade.

Tempo de voo

O homem vê e não quer acreditar. Não pode ser, não pode, não naquele ponto, justo naquele momento, justo ali a menina decidiu atravessar a rua. Justo quando um carro, já feito um risco de velocidade, bestial em brilho de pressa, surge de trás do ônibus, primeiro o olho de um farol ciclópico, logo o outro farol a desmentir a unidade do primeiro, e logo a montagem de metal e borracha ultrapassa um ônibus e, perdendo a direção, muda de pista e acelera mais e mais. Tudo isso o homem vê, tudo isso desespera o homem, que tenta se erguer de onde está, como se se pudesse erguer, como já há tempos não pode mais. Não pode mais, e não pode ser, o que vê é o mais negro dos pesadelos, porque lá vem o para-choque rugindo, o capô troando, os últimos raios do sol batendo no vidro de maldição, os pneus comem o asfalto — o carro todo vem vindo e irá, já vem, ceifar a menina e toda a luz que existe em sair da escola e caminhar à casa dos pais.

O homem para de fazer força com os braços, para de sentir nas mãos o frio álgido do metal, abandona o peso morto do corpo e o peso morto das pernas à imobilidade a que está preso e pensa, dessa vez, em Deus, num Deus que teria de se fazer valer numa hora feito aquela, e o homem tenta rezar, uma reza que pode ser longa e que só chegará a termo e, quem sabe, aos ouvidos de Deus quando a vida da menina se tiver ido para a nascente de todas as preces. Talvez, pensa o homem, talvez a menina entenda, talvez, num átimo, lhe ocorra dar um passo atrás, voltar o corpo franzino e buscar a segurança da calçada, vem, menina, vem, dá volta, olha, o carro vai te pegar — o homem quer gritar, mas grito não existe que ultrapasse a correria e todos os guinchos que operam a favor da impossibilidade. A menina acaba de dar o segundo passo, o calçadinho com um grande tope cor-de-rosa avança sobre o inferno do asfalto, sem saber que o precipício de nunca mais se avizinha com força de besta e com ganas de inferno, trovejando seus parafusos e graxas.

E o homem vê o que não quer ver, aquilo que adivinhou que viria, o carro colhe de frente o corpo franzino, o guincho tardio dos pneus, a faixa marcada do desvio, os braços que se estendem e que sol-

tam cadernos e livros, o vestido que se alça alado e sem graça: o corpo que voa,
 voa,
 voa,
 voa,
 voa.
Metros de distância voa e cai feito um pacote ocioso e grotesco no meio do asfalto, um plaft que banha de sangue o calor fervente de piche e fumaça.

As pessoas todas correm, agora elas correm, e passam por ele, por ele que queria salvar, e gritam todos, e passam por ele, ele que queria gritar, e esbarram nele, na impotência dele, na armação dele, nas rodas dele, porque ele, diante da morte, nada mais é nessa hora do que um homem inútil preso a duas pernas que não andam e a duas rodas que não voam.

Uma forma de herança

Para Camila, Kika, Kissy e Cida

Assim que o carro dobrou a esquina, a mãe apontou:

— Aquela é a casa, a que tem a placa despencada.

Eu sabia qual era a casa, quem ainda não sabia qual casa procurávamos era Ricardo. Em criança, eu já havia passado por ali várias vezes, sempre aos domingos, quando o pai nos convocava, mãe e filhos, para almoçar fora e depois passear de carro. Na verdade, "passear de carro" significava "inspecionar as casas", porque ele sempre cumpria o mesmo trajeto, passando pela frente dos três imóveis que, até aquela altura da vida, havia conseguido comprar e que mantinha alugados, economias para fazer dias melhores. Pelas outras duas casas, ele passava de maneira, digamos, protocolar, burocrática mesmo, só para ver se continuavam de pé. O último ponto do passeio era ali, na Marquês de Abrantes, e o pai se referia ao imóvel fazendo um obséquio exagerado: a Casa da Marquês.

O pai costumava repetir que, quando tivesse dinheiro suficiente, iria construir: edifícios, lojas, garagens, armazéns, apartamentos, vagas de estacionamento. Como a demonstrar o valor de ser dono de um pedaço da superfície do globo, e mesmo que a gente já estivesse careca de saber, ele batia repetidas vezes o pé no chão e sentenciava:

— Terra não se vende, terra só se compra.

No solo que era nosso, ele construiria e, no futuro, a gente teria bens para alugar por bom preço, imóveis que garantissem teto, sustento e tempo — e que a gente nunca dependesse de ninguém para o que fosse ou deixasse de ser.

Embora a Casa da Marquês fosse da década de trinta, tivesse um belo telhado de duas águas e janelas com vidros hexagonais, seu valor se devia mesmo ao terreno, com seus vinte metros de frente por uns bons cinquenta de fundos. No meio do terreno, o pai faria erguer um edifício baixo, mas com "bons apartamentos": quartos amplos e amplas salas, com uma varanda em que ele pudesse sentar quando viesse da fábrica e onde, no inverno, batesse o sol da tarde. Haveria várias vagas de garagem, e ele teria um boxe de estacionamento no qual fosse fácil manobrar. Formaríamos um condomínio em família, cada qual com sua propriedade — e, com isso, o pai queria dizer que morar em imóvel alugado, como ele e a mãe tiveram de fazer por muitos e muitos anos, era uma das piores coisas do universo. Não se ocupava tempo, paciência ou imóveis de terceiros. Deus nos livrasse de depender da boa vontade alheia.

Quando o carro dobrava a esquina na Marquês de Abrantes, o pai diminuía a marcha e se aproximava lentamente do número 472. Parava o carro junto ao meio-fio e olhava, olhava, olhava. A gente também olhava, inclusive com certa curiosidade, para ver quem era o inquilino do momento: ora tinha uma placa de contador, ora tinha placa de advogado, de cirurgião plástico, de engenheiro elétrico, de nutricionista, de dentista, de leiloeiro e até de creche, a Aviãozinho Vermelho, que pertencia à dona Eurídice e que ficou ali muito tempo.

O pai fazia todo mundo descer do carro e, a passos lentos na calçada de pedra de grés, enfiava as mãos nos bolsos e se aproximava do portão. Espichava o pescoço e buscava os melhores ângulos para ver sabia-se lá o quê. Não satisfeito, caminhava de lado, parava, esticava ainda mais o pescoço, sacudia a cabeça. Ia até o extremo oposto da calçada, no limite dos dois terrenos, e ficava na ponta dos pés tentando olhar pela fresta de uma janela; dava uns passos para trás, erguia a vista, fazia uma pala com a mão e olhava, e a mãe e nós todos olhávamos as duas águas do telhado e a chaminé de tijolos. Quase sempre o vizinho da casa ao lado, seu Flávio, um senhor já de idade, ao ver movimento na rua, saía e fazia questão de cumprimentar o pai, que também fazia questão de cumprimentá-lo. Depois que instalou ali a creche, dona Eurídice também aparecia de quando em quando na frente da casa. Nessas ocasiões seu Flávio ficava notavelmente feliz.

Naquelas visitas havia sempre a hora de atravessar a rua, e o pai me dava a mão e eu dava a mão para o meu irmão e meu irmão dava a mão para a mãe, só assim mesmo, atravessar qualquer rua só de mãos dadas, mesmo uma rua calma daquelas, ainda mais num domingo.

Lá do outro lado da rua o bonito era olhar a casa toda inteira, o pai e a mãe, um em cada ponta, meu irmão e eu no meio, a gente ficava um tempão olhando as manchas que chuva e umidade haviam deixado nas telhas e na chaminé. De longe, também se viam as jardineiras que acompanhavam o traçado da fachada e que era raro ver floridas.

O pai, filho de imigrantes que chegaram aqui com uma mão na frente e outra atrás, se empolgava com sua conquista, a casa com telhado que, realmente, parecia resplandecer feito uma coroa; nessas ocasiões, ele sempre podia explicar alguma coisa ou vir com uma informação nova, olhem a chaminé, o ar quente sobe, o ar frio desce, as telhas de barro facilitam a evaporação da umidade. Na hora de ir embora, ele sempre parecia magoado:

— Pena que vamos demolir.

A gente entendia que um mal menor se subordinava ao bem maior, o futuro.

Inquilinos sempre foram vistos em nossa casa como males necessários, gente que tratava o imóvel dos outros como a casa de alguma mãe-joana, que fazia furos nas paredes, que arrancava a louça dos banheiros, que queimava com cigarro o carpete: inquilinos eram vândalos, bárbaros, selvagens. Exceto pela dona Eurídice, a da creche Aviãozinho Vermelho.

Em certas visitas aos domingos, nós sabíamos que dona Eurídice estava na casa pelas janelas todas abertas. Ela fazia faxina, organizava a papelada do escritório, cuidava das plantas, lavava os brinquedos das crianças, varria, espanava, lustrava. Eu sempre pedia ao pai para a gente entrar, queria ver a creche por dentro. O pai respondia que nunca na vida se pediria algo para dona Eurídice, não se devia incomodar os inquilinos, ainda mais uma pessoa que estava trabalhando no domingo. Ele, que sempre fora módico em elogios, dizia que dona Eurídice era uma joia de inquilina, nunca atrasava o aluguel, ali estava uma pessoa empreendedora e de muito respeito, que não só pagava o IPTU como zelava por nosso imóvel, tão caprichosa que até gerânios nas floreiras havia plantado. Eu não achava graça nenhuma em ser dono de uma casa se a gente nem podia entrar nela.

Falava-se que dona Eurídice havia enviuvado muito cedo e que devia ser por isso que seus cabelos não combinavam com o rosto, como se tivessem envelhecido de repente. Não que o rosto fosse daquelas juventudes imaculadas, longe disso, o tempo já lhe pesava um pouco em torno dos olhos e da boca. O fato era que, comparado a todo o resto de pessoa, os cabelos curtos e de um tom acinzentado que tendia ao prata davam a impressão de que ela havia ficado grisalha antes do tempo. A mãe comentava que compreendia a tristeza de perder o marido, mas dona Eurídice deveria ser um pouquinho mais vaidosa, ela não pintava os cabelos, andava sempre de avental; mulheres, ainda mais depois dos cinquenta, tinham de se cuidar. O pai encerrava o assunto dizendo que a gente devia respeitar os cabelos brancos das pessoas, uma mulher viúva não precisa de vaidades, aquilo não era assunto nosso.

Um dia meu irmão e eu chegamos do colégio e a mãe anunciou: nada de correrias dentro de casa, o pai de vocês está doente. Se eu nunca tinha visto o pai em cima de uma cama, aquela vez valeu por todas. Vestido — calça e camisa social —, ele estava recostado nos travesseiros, em cima da colcha, como se, de última hora, o cotidiano se houvesse rompido.

 De pé, diante da cama de casal de meus pais, eu reconheci o medo. O olhar do pai vinha turvado de amarelo, a parte branca dos olhos de um tom opaco e pardacento. O rosto, as mãos, os braços, tudo no pai era daquele tom sujo e feio: doente. O pai falou "filhos", e eu e meu irmão nos deitamos junto a ele na cama, e logo o pai virou o corpo em nossa direção, a palma da mão direita escorando o rosto, e ele estendeu o braço esquerdo e o apoiou sobre nós. Ficamos ali, zelando, e o pai nos olhava com seu olhar amarelo, o pai desfrutando da presença dos dois filhos, os dois filhos desfrutando da presença do pai, e delicado que só nos puxou mais para junto dele, bem junto, até que todos adormecemos. Só acordamos porque a mãe veio avisar que o almoço estava pronto e porque depois levariam o pai, a medicina iria fazer sua parte.

 E foi como abrir e fechar os olhos. O pai no hospital, inacreditável que algo possa ser assim, o pai em cima de uma cama, de um momento a outro, a barriga do pai costurada com pontos negros; quando a gente se deu conta, o pai já nem mais abria os olhos, o pai já não falava, o pai já não comia — e foi o grito do meu irmão no meio da noite num corredor gelado de hospital, um grito cru e também gelado, como se tivessem enfiado uma lâmina direto no coração, como se tivessem arrancado um pedaço, e foi ali mesmo no corredor que meu irmão não suportou e entornou um vômito de baba e luto e tristeza porque o câncer vencera e o pai tinha morrido.

Depois disso, a perda do pai se impôs tanto que era difícil escapar de um sentimento melancólico a cada vez que eu abria a porta de casa, sentava à mesa das refeições ou simplesmente recebia os jornais e o maço de correspondências que o porteiro do edifício entregava. Foi por esse sentimento de perda que parecia incontornável que passei a evitar qualquer trajeto que passasse diante da Casa da Marquês e de todas as promessas de futuro que ela havia sugerido ao pai.

Meu irmão e eu começamos a trabalhar na fábrica de confecções. Tentaríamos ir adiante com um negócio que o pai conhecia de cor e salteado mas que nunca chegou a ensinar ou compartilhar com qualquer um de nós. A mãe, que no passado vinha para a fábrica depois do almoço e ajudava o pai no trato com clientes, fornecedores e empregados, sabia bem se destrinchar nessas tarefas, mas *só* nessas tarefas. Estoque, margem de lucro, preço de venda, distribuição de mercadorias, compra de tecidos e de aviamentos, capital de giro, aplicações, pagamentos, cobranças — de tudo isso a mãe sabia quase nada.

Depois que eu namorei o Beto, o André, o Vítor e o Samuel, mesmo depois disso, dona Eurídice continuava pagando o aluguel da Aviãozinho Vermelho como religião. A mãe, cuja tristeza também se manifestou nos cabelos branqueando ao tom do prata, achava que nossa inquilina viveria cem anos.

Ricardo trabalhava na agência de publicidade que atendia a fábrica. Naquele final de ano, ele veio nos mostrar o estudo do novo logotipo que substituiria o que estampava as etiquetas e embalagens nas quais saíam blusas, saias, calças, camisas direto para representantes e pontos de venda. Eu já havia visto Ricardo um par de vezes, um rapaz de fala fácil e olhos que pareciam sinceros, hábil em provar seus pontos de vista.

Não me impressionei muito com o tal logotipo nem com a campanha para a próxima estação que ele apresentou, foi o que eu disse e com o que concordaram a mãe e meu irmão. O convite para jantar no final do expediente foi quase um susto.

Como se passou com o logotipo e com a campanha, não havia nada de especial na cantina à qual Ricardo me levou, muito menos na comida, tampouco no vinho que ele escolheu.

No dia seguinte, na saída da fábrica, ele me esperava para me levar ao cinema. Naquela semana fomos ao teatro, depois escutar jazz, depois a um restaurante japonês no qual só se entrava sem sapatos. Eu me afeiçoei àquela qualidade estável das coisas que vinham de Ricardo, uma facilidade que eu nunca tinha sequer imaginado. Se o logotipo não estava do agrado do cliente, fazia-se outro e pronto; se o restaurante japonês custava o ouro da Espanha, a gente não voltava e pronto: as coisas podiam ser feitas de forma tranquila e pacífica: pronto. Para mim, isso era uma espécie de descoberta, como um alívio. Assim que, depois de duas semanas, éramos namorados.

Novo logotipo feito, nova campanha elaborada: nossa mercadoria tinha em mira clientes conservadores, e uma marca com linhas nem tão arrojadas, em cores sóbrias, era tudo o que queríamos. O quadro de família e empresa felizes foi embaçado pela notícia que recebemos lá um belo dia de janeiro: dona Eurídice fora encontrada morta na cozinha da creche.

O enterro foi muitíssimo triste.

Nunca mais a mãe quis alugar a Casa da Marquês para quem quer que fosse. Mesmo que a fábrica andasse aos trancos e barrancos, mesmo que eu me houvesse formado em biologia e que Ricardo e eu tivéssemos planos de nos casar, mesmo assim a Casa da Marquês não foi alugada. Mesmo que duas redes de lojas que absorviam mais da metade de nossa produção tivessem preferido os preços covardemente baixos dos produtos chineses, mesmo que nossas

vendas despencassem de maneira espantosa, mesmo assim não quisemos alugar a Casa da Marquês.
   Quando nos casamos numa cerimônia bem simples e quando Ricardo pediu demissão da agência de publicidade e quando nos mudamos para tentar expandir a fábrica em Belo Horizonte — sem nem direito a uma lua de mel —, nem eu nem meu irmão insistimos muito para que a casa fosse alugada. Quando meu irmão se casou e foi morar num enorme apartamento presenteado pelos sogros, foi bem nesse período que a fábrica começou a encontrar dificuldades a ponto de não pagar os fornecedores. Ricardo e eu compreendemos que o negócio em Minas Gerais também daria com os burros n'água: só então a Casa da Marquês voltou aos nossos planos.
   A situação passou a ser a seguinte: minha família teve um enorme baque nas finanças, a família de Ricardo não tinha mesmo dinheiro, nós dois, embora umas economias guardadas, estávamos sem trabalho e, pior, sem casa para morar. Felizmente, havíamos comprado em Minas o necessário para montar uma casa — móveis de quarto e sala, geladeira, fogão, micro-ondas, lava-roupas —, coisas que ficaram estocadas a preço milionário no armazém de uma empresa de mudanças de Belo Horizonte.
   Voltamos nos revezando à direção do nosso único carro, trazendo conosco apenas malas com roupas e duas bonecas de cerâmica do Jequitinhonha.

Era um pouco como não ter independência, mas tivemos de montar acampamento na casa da mãe. Não podíamos mandar vir a mudança de Minas até que alugássemos um apartamento onde pudéssemos nos acomodar. Considerei uma grande sorte o fato de a quitinete de Ricardo, que ficava no Centro, estar alugada: impossível que duas pessoas morassem naquele ovo de pomba sem ficarem se trombando o tempo inteiro.

Os apartamentos que vimos eram tão pequenos quanto caros e mal iluminados, conjunto de paredes sem dom de acolher nada ou ninguém. Eu me angustiava com aquilo, com não ter onde fazer minha vida de casada, ainda mais porque Ricardo e a mãe andavam se estranhando por qualquer coisa.

Se, como diz lá um ditado, uma pessoa é, aos setenta anos, aquilo que foi aos sete, eu, aos vinte e cinco, nem podia sonhar em ter os mimos de meus cinco ou quinze anos. Eu precisava de trabalho, e logo. Bati em vários colégios, me oferecendo como professora de biologia. Meu irmão, que ainda cursava administração, foi ajudar o sogro numa fábrica de pães, bolachas e outras coisas que engordavam. A mãe, estudando uma proposta de sociedade com uma prima — uma loja de roupas infantis —, abriu o inventário do pai.

Foi aí que a Casa da Marquês voltou à baila. Num almoço, a mãe me olhou bem séria, como quem acabava de ter uma grande ideia:

— Você não quer morar lá?

Eu recusei de imediato, morar na Casa da Marquês, que loucura era aquela? A mãe argumentou com muita ênfase:

— A casa está abandonada e feia, mas reformas existem para isso.

Eu fiz a pergunta que continha uma esperança:

— Por que a gente não vende a casa e eu compro um apartamento?

A mãe balançou a cabeça num gesto de desaprovação:

— Porque terra não se vende, terra só se compra.

Comuniquei a Ricardo que no dia seguinte iríamos dar uma olhada. Ele ia falar alguma coisa mas preferiu o silêncio. Um dia ensina o outro dia.

Ricardo estacionou junto ao meio-fio. Descemos do carro muito devagar. Na placa despencada, a inscrição "Aviãozinho Vermelho" era debilmente legível. Então vi coisas que na minha infância não existiam: rachaduras que vinham do telhado ao chão, fendas que revelavam o reboco farelento, centenas de pequenas infiltrações permitidas pelas calhas enferrujadas, caminhos de água que riscavam um mapa desorientado na fachada. Os marcos das janelas, desmaiados em tonalidades entre o branco, o bege e o cinza, acumulavam grossura de poeira. Muitos dos vidros estavam quebrados. As floreiras, que se enchiam da cor dos gerânios nas idas primaveras de dona Eurídice, estavam secas. Não se podia dizer ao certo de que cor se pintara a casa por última vez.

Bons apartamentos com sacada, vagas na garagem — a lembrança me veio como um lampejo de ironia, e tive vontade de ir embora dali voando. Eu preferia o aperto da quitinete de Ricardo ou qualquer outro cubículo a enfrentar a súbita missão de fazer *daquilo* minha casa. A mãe se antecipou:

— Ajudo na reforma.

Ricardo teve outra ideia:

— Eu posso vender a quitinete.

Eles pareciam bastante mais felizes do que a situação autorizava, mas logo me dei conta de que a felicidade se devia à ideia de que se livrariam um do outro. Quanto a mim, me parecia muito injusto começar a vida reerguendo escombros.

A mãe, chaves em punho, forçou o portão, que rangeu e resistiu mas acabou cedendo. Enveredamos pelo caminhozinho de pedra de grés que dava acesso a casa e que margeava um pequeno canteiro entregue a ervas daninhas e lixo acumulado. Me resignei com a ideia de que era até sorte o pai não ter visto aquilo.

Quando abrimos a porta da entrada principal, veio um vapor enjoativo, misto de mofo, mijo e borracha queimada. Levantei a gola da camiseta, agora transformada em máscara contra gases. A luz fraca da rua deixava ver que tínhamos uma porta à nossa frente. Duas outras portas, uma em cada extremidade do que seria um pequeno corredor, estavam fechadas. Optamos por abrir primeiro a porta da direita, que dava acesso a um cômodo com duas grandes janelas que olhavam a rua e que logo tomei a iniciativa de abrir. Naquele instante, passava pela frente da casa uma senhora parecidíssima com dona Eurídice levando dois cachorrinhos pela coleira.

Dali, passando uma porta de correr de duas folhas com caixilhos retangulares, se chegava ao que seria a sala de estar: o parquê tinha falhas em vários pontos e a pintura que descascava deixava ver camadas de tinta. Uma lareira de pedra justificava a chaminé que se via lá de fora. A luz que entrava pelos vidros sujos era, no entanto, dourada e leve. Num canto, um solitário pé de sapato masculino manchado de tinta e barro estava de borco.

Outra porta dava passo ao que, pela escrivaninha com tampo de fórmica deixada para trás, deveria ser o escritório da antiga creche. Um baldinho sem alça e um sapo de borracha ocupavam o lugar que seria da cadeira, caso cadeira houvesse.

Ao toparmos com a cozinha, logo me lembrei de que dona Eurídice fora encontrada morta bem ali na entrada. Passei pela porta correndo e entrei numa cozinha à qual, sem favor, se chamaria de enorme.

Eletrodomésticos ou armários haviam deixado marcas nos azulejos e no piso. As janelas basculantes tinham molduras de ferro e estavam enferrujadas.

Enveredamos por outra porta, que descobrimos ser a oposta àquela que nos servira de entrada. Ao fundo, dois cômodos também com amplas janelas, venezianas que se abriam em par e que permitiam a visão de árvores nos fundos da casa.

O labirinto continuava, agora com uma escada de madeira gastíssima que conduzia ao segundo piso. Apoiando-nos no corrimão pintado de amarelo, chegamos a um corredor iluminado por uma pequena janela pivotante emperrada. Olhando através dela, via-se o telhado, um minucioso arranjo de calhas e telhas encaixadas com uma perfeição de décadas. Era feito um enorme tapete de liquens e musgos; de imprevistas fendas, brotavam plantinhas e raminhos que pareciam se torcer em direção à luz. Pensei que ali se mostravam os trabalhos do orvalho, da chuva e do vento, e eu tive aquela sensação momentânea de calidez.

Ricardo me chamou para ver os quartos. Acarpetados, os dois cômodos demonstraram ser a origem do cheiro de urina e mofo, imundície que abrira buracos na forração e que me causou um breve desespero. Logo descobrimos um banheiro com paredes de azulejos azuis e louça cor-de-rosa: a pouca claridade proporcionada por uma lâmpada fluorescente fazia com que nos sentíssemos vagando dentro de um aquário. No boxe, a cortina de plástico exibia manchas de mofo mas o chuveiro elétrico parecia em bom estado. Duas baratas jaziam de patas para cima junto a fios de cabelo acumulados sobre o ralo. O teto tinha manchas de bolor.

Descemos as escadas em fila indiana. Eu tinha, agora, uma impressão muito incômoda, e o ar úmido e frio me fazia espirrar. Reformar aquela casa era sandice, mais fácil colocar tudo abaixo e construir de novo. Como remover aquele fedor do carpete, o que a gente faria com aquela sucessão de portas e paredes? A mãe comentou que dona Eurídice não podia ter deixado o carpete ficar tão sujo, como era possível, tão caprichosa?, e foi nos guiando através da cozinha até uma porta que dava para o pátio.

O pátio.

O terreno se estendia em comprimento por seus bons quarenta metros ou mais, com largura suficiente para manobrar vários carros. Debaixo de um pé de manga de tronco muito encorpado, uma casinha de bonecas restava das brincadeiras. Havia árvores de vários tipos: amoreira, caramboleira, ameixa-da-terra, além de um exótico caramanchão coberto por jasmim-dos-poetas. De resto, um macegal tomava conta do terreno, e a ideia de ir até lá os fundos, à casinha de empregada, bem pouco me atraiu. Ricardo e a mãe seguiram.

Voltei para dentro da casa, dei uma olhada naquilo que poderia ser a sala e a copa. Eu tentava raciocinar e ser lógica: tudo custava dinheiro, e bastante; aquele apartamentozinho do Ricardo em que mal cabiam uma cama e uma geladeira valia uns trocos. O que seria possível fazer com a venda da quitinete? Pintar uma parede? Trocar o piso da cozinha? Mas, se eu achava a quitinete apertada, então meu problema era espaço — coisa que a Casa da Marquês tinha a oferecer de sobra.

Um pátio.

Tentei ganhar um pouco de ânimo pensando num jardim. Mesmo que eu achasse que um jardim não fosse argumento mínimo para decisão tão grave, a ideia de um pátio com espaço para se desfrutar das plantas que já havia e outras que poderia haver era sedutora. Achei graça, fazer um jardim no pátio de um imóvel cobiçado por construtoras. Com o tempo, nós sabíamos, todos os imóveis, incluída a Casa da Marquês, seriam vendidos para incorporadoras ou trocados por área construída. Avós empreendedores, filhos remediados, sempre assim, nós não tínhamos o talento do pai para os negócios e, criados numa fartura quase perdulária, provavelmente faríamos dinheiro da forma mais fácil, vendendo o patrimônio. Logo nada restaria de nossos bens, e os filhos que viéssemos a ter deveriam começar tudo de novo. Tudo, tudo de novo.

Nisso eu pensava enquanto ia de um cômodo a outro, que as histórias familiares são previsíveis e que um jardim poderia ser, nessa ordem de coisas, um imprevisto quase bom.

Foi quando aconteceu: uma criatura passou correndo junto ao sapato que estava de borco. Dei um berro e fugi porta afora.

Ainda aquilo: ratos.

A grande novidade nos dias que se seguiram foi mesmo a contratação de Ricardo por uma agência ali perto da Casa da Marquês. Eu não conhecia direito o ramo, mas me inteirei de que meu marido tinha ótima reputação entre os publicitários. O melhor de tudo era o salário, embora Ricardo não tivesse mais hora para sair do trabalho.

Assim, não havia escapatória, me tocava tomar as primeiras providências. Depois de mandar vir nossa mudança, que demoraria uns dez dias, a primeira parte da aventura foi contratar um rapaz para limpar o pátio. Se havia de existir um jardim, que assim fosse.

Eu calcei umas galochas da mãe e acompanhei o rapaz que já tinha começado a recolher uma montanha de caliça e madeiras podres armazenada junto ao muro, material que ele recolhia num carrinho de mão e que atirava com estrondo numa caçamba de aluguel colocada na frente de casa. A casinha de brinquedo recebeu dois ou três golpes de marreta e logo se desbeiçou e caiu; uma coleção de chupetas, mamadeiras, chocalhos e partes de corpos de bonecos coloria os escombros. Logo depois, o moço, a golpes de facão, desbastou um verdadeiro bananal que ali se formara, colocando abaixo inclusive o pé do qual pendia um cacho parrudo — as bananinhas, mesmo verdes, atraíam ratos e outros bichos, assim me explicou.

Naquela tarde, dois corretores imobiliários bateram perguntando se a casa estava à venda. A senhora que se parecia com dona Eurídice também passou por ali com seus dois cachorrinhos.

Arrancamos aquele carpete mijado dos quartos do andar de cima e, sobre o linóleo branco que descobrimos, já no dia seguinte providenciei forração mais encorpada.

Ricardo quase não tinha tempo para visitar a casa. Mas, uma vez lá dentro, não faltavam planos: andava pela casa falando que ia derrubar tal e tal parede, aqui iria ficar nosso quarto, ali o escritório e, claro, o quarto do bebê podia ser aquele ali. Eu ia ficando zonza, porque simplesmente não conseguia abstrair a ponto de imaginar algo tão bom, aquele criadouro de ácaros havia despertado minha rinite, o que fazia com que eu só espirrasse. Num momento de força e lucidez, argumentei que nós não podíamos sair quebrando paredes feito uns loucos. Ricardo me perguntou o que eu achava que a gente deveria fazer.

Um amigo do pai, seu Maurício, tinha um filho que era arquiteto, o Mauro, que podia fazer um projetinho de reforma. O rapaz veio, circulou pela casa, alisou portas e marcos, fez algumas considerações sobre madeiras nobres e tijolos maciços, as venezianas, o pé-direito, os ladrilhos da cozinha, maravilha. Só uma coisa: tinha de ver as condições de estrutura e, como era casa antiga, o estado do telhado, cupins faziam a festa no madeiramento. Uma crise de espirros me lembrou de sair e comprar antialérgico.

Na visita seguinte, Mauro trouxe um engenheiro, e o engenheiro, por seu turno, trouxe já um empreiteiro, que veio com seu correspondente mestre de obras. Formavam, a bem dizer, uma junta de especialistas.

Percorreram todos os cômodos e, de quando em quando, batiam com os nós dos dedos na parede ou nos azulejos, levantavam tábuas, deslocavam tacos do parquê, acionavam descargas das privadas, abriam torneiras, inspecionavam registros, desmontavam espelhos das tomadas, procuravam quadros de luz.

A etapa seguinte seria o telhado. Para entrar no sótão, se aventuraram por uma portinhola que deixava entrever um intrincado trabalho de madeiras. Nem eu nem Ricardo nos dispusemos à excursão e ficamos esperando do lado de fora.

Depois de alguns rangidos, baques e vozes que davam interjeições de susto ou espanto, os quatro homens começaram a sair lá de dentro. Vinham cobertos de poeira. O mestre de obras, batendo-se para se livrar de algo que parecia um longo fio de uma teia de aranha, balançou a cabeça:

— O madeiramento todo está que é uma renda.

Ricardo perguntou o que aquilo significava. Mauro fez uma cara de consternação:

— Como eu falei: cupins.

Eu quis saber o que se fazia, como se consertava. O engenheiro respondeu:

— Não se conserta. Ou se coloca tudo abaixo ou se faz de conta que não existe.

Mauro tomava notas numa cadernetinha. Ricardo segurou minha mão e disse que, pelo menos, alguma coisa tínhamos de fazer: e se o telhado caísse na nossa cabeça?

— Eu, se fosse vocês, não mexia — esse era o mestre de obras. — Damos um reforço nos pontos mais frágeis, dura aí uns anos.

O engenheiro falou sobre cumeeiras, mas não só:

— Encontrei sinais de ratos. Não me espanto se encontrarmos também morcegos.

Pedi licença e desci: por nada no mundo iriam me obrigar a viver debaixo de ratos e morcegos. Ricardo desceu atrás de mim, e os homens desceram logo depois. Todos tentavam me acalmar: faríamos uma tratamento contra cupins, contra ratos e colocaríamos telas e repelentes contra morcegos. De quebra, o tratamento contra cupins podia acabar com focos de baratas, de traças e até de formigas-doceiras; aproveitaríamos o evento para limpar a caixa-d'água e todo o encanamento. Depois, ganhariam emendas caibros, terças, ripas, partes de um telhado que eu nem sabia que pudessem existir. O mestre de obras deu a última sugestão do dia:

— Se quiserem, depois se limpam as telhas com lava a jato. Fica beleza.

Eu me acalmei um pouco. Mas só um pouco. Porque logo Ricardo perguntou o tempo estimado para a casa estar habitável. O engenheiro foi peremptório:

— Um ano.

Mauro tinha suas ideias:

— Depende muito do que vocês querem fazer — e, para tornar tudo mais relativo, corrigiu o engenheiro: — Mas, para fazer o mínimo dos mínimos, acho que em seis ou oito meses.

O engenheiro e o arquiteto olharam para o mestre de obras, que deu sua opinião:

— Obra é obra.

Saímos. No portão nos despedimos de Mauro e do mestre de obras. O engenheiro, guardando a trena no bolso, me perguntou se nós não tínhamos pensado em trocar o terreno por área construída. Ricardo respondeu que não. Eu pedi ao engenheiro que me fizesse uma proposta. Meu marido ficou me olhando como se eu tivesse ficado louca.

O que se viu depois disso foi o que se pode chamar de tragédia. Para lutar contra cupins e demais pragas, cinco homens entraram na casa com galões, tubos, cilindros, compressores de ar, mangueiras, aspersores. Uniformizados, todos eles vestiam macacões, máscaras, óculos, botas, luvas. Comunicando-se entre eles por rádio e seguindo uma estratégia agilíssima de posicionamento dentro da casa, pediram-me que me afastasse, talvez os produtos pudessem causar alergia.

De fato, enquanto atravessava a rua, sentia o cheiro forte de solvente, e algo que se assemelhava a enxofre de mistura a formol. Parada do outro lado da rua, vi que o interior da casa fora invadido por uma nuvem tão densa que ameaçava asfixiar o quarteirão — e o bairro e a cidade. Não haveria cupim ou outro ser que resistisse. Tive uma crise de sinusite e não pude sequer chegar perto da casa por dez dias.

Nesse meio-tempo, o engenheiro me procurou. Em cima da mesa de jantar da casa da mãe, me mostrou o projeto de um prédio de seis andares, com duas coberturas, cada uma com pé-direito duplo, três suítes, lavabo, lareira, churrasqueira e um terraço onde ele prometia colocar uma piscina. Eu não entendia direito o que ele me propunha. Ele esclareceu o que nossa família ganharia caso cedêssemos o terreno:

— Uma das coberturas, já com uma piscina instalada, e mais dois apartamentos no quarto andar — apontava para uma planta baixa que acabara de desdobrar.

Eu disse que não sabia se era um bom negócio Ele me pediu uma contraproposta e falou que ali perto, duas quadras, eu podia ver um prédio que ele havia construído, material de primeira, valorização dia a dia. Fiquei de estudar o assunto e escondi os desenhos do projeto no meio de uma mala de roupas.

Passados dois dias, fui até o prédio do qual falara o engenheiro. O edifício se erguia em dezesseis andares, projetando sua sombra de colosso nas casas do outro lado da rua. A fachada era uma combinação de vidro, concreto e metal. Exceto pelo jardim de agaves, babosas, azuizinhas, marias-sem-vergonha e mais dois grandes manacás, nada havia que denunciasse um pouco de fantasia oú apuro. Uma guarita protegia um segurança vestido com camisa branca. Uma caminhonete preta entrou na garagem, ao mesmo tempo que uma caminhonete preta saía da garagem. Dirigindo os carros, as duas mulheres eram iguais em sua juventude e também nos cabelos longos, muito lisos e mechados em tons de louro-dourado, além dos óculos escuros que cobriam quase todo o rosto.

Fui embora dali com pressa e pedi a um motoboy que entregasse as plantas ao engenheiro.

Uma pessoa com lágrimas. Naqueles dias, descobri que eu era isso, um ser choroso: nunca senti tanta falta de meu pai. Tudo me fazia lembrar dele e do que ele teria a dizer numa situação como aquela. Principalmente quando nos reunimos em torno da sala de jantar da mãe para ver o projeto de reforma que Mauro tinha providenciado.

O croqui era extraordinário: ambientes integrados, teto rebaixado em madeiras, piso de tábuas reutilizadas de casas demolidas, paredes forradas de tecidos. Eu olhei e tornei a olhar e, enquanto Mauro explicava tintim por tintim, comecei a ficar enjoada: não tínhamos nem nunca teríamos cacife para nos meter numa coisa daquelas.

Então Mauro concedeu: tudo podia ser simplificado. Aliás, já tinha pensado naquilo: derrubaríamos algumas paredes para unir ambientes que não precisavam ficar separados, trocaríamos a fiação, o encanamento, reforçaríamos a madeira do telhado, o parquê de algumas peças e conservaríamos as portas e janelas da casa. Tinha adiantado serviço e trazia com ele um orçamento inicial. Tirou de dentro da pasta mais um milagroso papel, agora com uma série de itens, descrições, preços unitários e totais. O total dos preços totais era um absurdo. O prazo de execução, dezoito meses, me pareceu o tempo da eternidade.

A mãe perguntou o que nós tínhamos achado da ideia. Ricardo aprovou com a cabeça. Ela disse que deveríamos começar logo a obra. Tudo parecia estar engatilhado. Eu não tinha para onde fugir.

Quando eu vi, a mãe havia depositado um bom dinheiro na minha conta, a empresa de mudanças tinha feito a entrega de nossos móveis, Ricardo estava fechando negócio com a quitinete e nós tínhamos ajeitado um dos quartos da parte de cima da casa para morar. Um colchão de casal servia de cama; o banheiro que era um aquário deveria nos bastar pelos próximos meses. Comprei uma cortina de plástico para boxe e toalhas novas. Na porta de nosso quarto e do banheiro, o arquiteto pendurou duas lonas pretas, que deveriam lacrar os cômodos enquanto os operários trabalhavam. Em cinco metros de plástico-bolha embrulhei as duas bonecas do Vale do Jequitinhonha. Dali só sairiam para lugar onde não corressem risco de virar pó.

Os móveis chegaram em grandes caixotes de papelão e foram parar naquela que seria a sala de estar da casa. Geladeira e fogão acabaram junto à lareira, bem como os armários e utensílios de nossa antiga cozinha de Belo Horizonte — montada por um rapazinho que ficou muito assustado com nossa intenção de morar na casa ao mesmo tempo que corria a reforma. Compramos um tanque de aço inoxidável, que, junto com a máquina lava-roupas, foi igualmente instalado na sala de estar — esgoto inclusive. Os canos corriam pelo chão e eu tropeçava neles a todo momento. Ricardo me apareceu com uma mesa e cadeiras dobráveis, que passaram a ser nosso ambiente de jantar. Tínhamos assim quarto e banheiro na parte de cima da casa, enquanto que cozinha, área de serviço, sala de estar e jantar se concentravam no mesmo ambiente — atulhado de caixas, de malas e pacotes. Mais adiante, teríamos roupa estendida num varal improvisado com fios elétricos, que corriam na diagonal aérea daquela mesma sala, ocasião em que sentei nos degraus da escada e chorei.

Na primeira noite em que dormimos na casa, fazia muito frio. Eu havia conseguido puxar um pijama de flanela de dentro de uma das sacolas, que vesti em cima de duas camisetas. Com a graça dos céus, a roupa de cama estava à mão e dormiríamos em lençóis limpos. Ricardo nem bem encostou a cabeça no travesseiro e já roncava.

O vento sibilava e sacudia a casa, como se mãos invisíveis fossem capazes de chacoalhar o mundo. Um dos vidros da janela do quarto estava quebrado, e o frio se enfiava pelas frestas, fininho de doer. Me aconcheguei em Ricardo, amoldando o corpo nas formas das costas dele. Só assim consegui dormir.

No meio da noite, me lembro de ter acordado com um barulhão de fim de mundo, um trovão que provocou uma claridade fantasmagórica. Por mais que tentasse, não consegui voltar a dormir. Ouvia sons desconhecidos: passos na calçada, risadas, latidos. Jurei ter ouvido um tiro. Se fosse dada a misticismos, diria que almas penadas faziam a festa.

Quando Ricardo acordou, e já era de manhã, pedi a ele por tudo o que era de mais sagrado que me tirasse daquela casa e do horror daquela reforma. Ele falou ao mesmo tempo que se espreguiçava:
— O que você quer que eu faça?
Sem alternativas, tudo estava resolvido.

Um muro separava nosso terreno do terreno do vizinho. Lá uma tarde, esperando um serralheiro e depois de atender outro interessado em comprar a casa, encostei uma escadinha e espiei.

À sombra de uma goiabeira, sentado numa cadeira de palhinha, o vizinho descascava uma laranja. Reconheci, era seu Flávio, aquele que saía para a frente da casa e cumprimentava o pai. Vestia pijama azul bem clarinho e, por cima, um casaco de tricô, pontos folgados. Tinha um boné xadrez, com a pala ligeiramente batida para trás. Estava absorto na tarefa, a mão direita aplicando a lâmina da faca contra a pele branca, a casca retorcida pendendo de um único já longo fio, os dedos da mão esquerda rodando a fruta, que se oferecia cheia de sumo ao fio certeiro.

No tronco da goiabeira, subiam gemas de várias orquídeas e bromélias. No varal, algumas camisetas dividiam a corda com várias cascas de laranja recortadas no capricho. O homem levantou não sem alguma dificuldade, deu alguns passos claudicantes, pegou um prendedor que estava por ali e colocou a secar a nova casca.

Ao erguer os olhos, deu comigo, que já o esperava para os cumprimentos. Ele recebeu meu bom-dia com um sorriso. Comecei a falar que era a nova vizinha, meu pai tinha comprado a casa fazia um bom tempo, se eu não me enganava o nome dele era Flávio. Ele fez um movimento de positivo com a cabeça:

— Ah, você sabe meu nome. Lembro da sua família. Aos domingos, vocês vinham ver a casa. Você era pequeninha — demonstrou minha altura com a mão.

Achei gracioso e fiquei olhando, enquanto ele se dirigia novamente à sua cadeira. Sentou com o pires, a faca e a laranja no colo:

— Seu pai veio falar comigo porque queria comprar a casa — fez um gesto com a cabeça, como se conseguisse abarcar toda a propriedade com o queixo. — Eu não quis vender, mas gostava dele, um grande comerciante. Você conheceu dona Eurídice?

Respondi que sim. O velho agora chupava uma das metades da laranja.

— Boa mulher — limpou com um paninho algumas gotas de sumo que haviam pingado no pijama. — Você sabe que seu pai queria construir um prédio aqui, não sabe?

Saber, eu sabia, respondi, um prédio para que toda a família morasse junto. Ele continuou falando:

— Depois que dona Eurídice morreu, tive vontade de vender minha casa.

Eu não entendi a relação de uma coisa com outra. Mas ia entendendo que ele tinha muita afeição por dona Eurídice. Perguntei a ele por que não havia vendido a casa. Ele deu um sorriso:

— Vivi aqui minha vida inteira. Aqui perdi meus pais e meus irmãos. Sou muito apegado à casa — e apontando para o tronco da goiabeira — e às minhas plantas.

Elogiei as orquídeas. O velho acabou de mastigar e me disse:

— Muitas pessoas vão querer comprar a casa de vocês. Não venda, minha filha — dizendo isso, cuspiu umas sementes e limpou a boca na manga do pijama.

Eu não tinha o que responder. Vi que seu Flávio se levantou com dificuldade e recolheu o pratinho e a faca entre as mãos:

— Tenho saudades de dona Eurídice. Muitas saudades.

Dito isso, enveredou pelo caminho que levava ao interior da casa. Antes de entrar, parou, voltou-se e perguntou meu nome. Respondi. Ele levantou o boné, fazendo uma mesura:

— Se quiser ajuda com as plantas, é só chamar Que tal algumas mudas de orquídeas?

Meses mais tarde, a mãe era sócia numa loja de roupas infantis e eu fui contratada para dar aulas numa escola particular. Antes, no entanto, tive tempo de organizar algumas coisas com a ajuda de uma faxineira.

Naquela tarde, três operários que demoliam paredes no andar de baixo da casa já haviam saído. O sol de fim de dia entrava por todas as janelas e tornava tudo dourado e leve. Como havíamos comprado um roupeiro que serviria para um possível quarto de hóspedes, eu dobrava camisetas, pendurava camisas, fazia bolas com as meias. Nessa horas de trabalho sem testemunhas e do prazer com a casa ensolarada, eu me sentia bem. Bem mesmo, e eu tive um pensamento muito sério — eu talvez gostasse de viver ali.

No andar do inventário e de todos os trâmites que regem a disposição dos bens de um pai morto, a mãe havia decidido que cada um de nós ficaria com uma das casas. Por óbvio, a mim me tocava a Casa da Marquês, ela disse e, embora fosse o imóvel de mais valor, tanto ela quanto meu irmão não pareceram dar muita importância ao fato.

Na verdade, comecei a considerar que a Casa da Marquês era uma cortesia póstuma do pai, uma delicadeza que sobrevivia nas paredes tão robustas e no telhado de duas águas. Mais ainda: comecei a considerar que a gentileza do pai fora consagrada pelo gesto da minha mãe e do meu irmão

O pequeno deus que rege as reformas demonstrou não ter lá muita imaginação e parecia se divertir com as mesmas tragédias contadas e recontadas às gargalhadas nas reuniões de família. Nossa casa tinha virado um canteiro de obras.

Um dia nós descemos do quarto e já não havia piso numa parte da sala: debaixo das madeiras, caibros e pedras que sustentavam o assoalho, descobrimos um verdadeiro nada. Só isso: um espaço vazio, que, segundo nos informou o engenheiro, era uma espécie de porão que fazia com que toda a umidade que vinha do solo ali se dissipasse, saindo por pequenas aberturas nas laterais. Por uns quatro dias, a única maneira de chegar até a porta de casa era através de uma tábua que um dos pedreiros havia colocado como ponte.

Por esses dias, veio nos visitar a sogra de meu irmão, uma simpática senhora que também morava numa casa antiga remodelada ao longo do tempo.

Ao entrar na Casa da Marquês, ficou fascinada com a construção e suas possibilidades. Elogiou os tijolos maciços, a madeira das portas e das janelas, quis ver as plantas, apreciou o zelo do arquiteto. Chegou a andar com habilidade de equilibrista sobre a tábua que ligava a porta à escada e que cruzava o vazio ausente de piso da sala.

Quando ela nos perguntou em quanto tempo estimávamos a obra, respondemos os dezoito meses dados pelo arquiteto. Ela franziu as sobrancelhas, olhou para o entorno e bateu o martelo:

— Cinco anos no mínimo.

Ricardo e eu nos olhamos. Ela fez um último comentário:

— A casa vai ficar linda. Parabéns.

Tudo, absolutamente tudo o que nos entrava de dinheiro era convertido em material de construção, móveis e plantas. Arranjamos com o banco uma linha de crédito a ser usada em reformas, e todos os orçamentos eram analisados com cuidado quase excessivo. Aos poucos, aprendemos a dizer não para o arquiteto, que tinha lá seus delírios — como um lustre de oito braços e pingentes de cristal no hall de entrada.

Diminuindo a cozinha, ganhamos, no térreo, um banheiro e um lavabo. Nosso quarto passou a ter uma sacada que dava para o pátio. A sala de jantar e de estar foram conjugadas graças à derrubada de quatro paredes. Uma despensa foi feita debaixo do vão da escada e, na área justo ao lado, forramos a parede com lambri comprado bem baratinho, delimitando o espaço destinado a uma copa. Consegui chenile cor de laranja e reformamos um antiquíssimo sofá que pertencera à mãe. Ricardo trouxe alguns móveis de família.

Houve discussões, desperdício e falta de material, batidas, barulho de furadeiras, marteletes, britadeiras. Muitas vezes, ao acordar com a fúria da obra, a primeira pessoa a quem dava bom dia era um encanador ou um pedreiro ou um eletricista. Comemos pó de tijolo e de gesso, encontramos serragem e aparas de madeira dentro do guarda-roupa, móveis foram pingados e respingados com todas as cores de tinta da paleta.

Como eu estava segura de que um jardim era uma revolução na ordem das coisas, plantei mais pés de laranjas, limões e bergamotas. Em homenagem a minha avó, mãe da mãe, plantei madressilvas e um pé de jasmim que perfuma os meses de outubro com seu viço e delicadeza. No tronco da mangueira, amarrei mudas de bromélias e orquídeas, muitas delas presenteadas por seu Flávio. Ainda tive lugar para plantar ixórias, alamandas, buganvílias, palmeiras, antúrios, estrelítzias, bambus, papiros, lírios-da-paz, suculentas. Nas floreiras, plantei óbvios, mas belos, gerânios. O caramanchão de jasmim teve de vir abaixo, assim como o pé de carambola, bichado e sem remédio. Ricardo ganhou um escritório no segundo piso da casa e eu passo corrigindo provas num pequeno quartinho que também dá para o pátio.

As duas bonecas do Jequitinhonha, últimos pacotes da mudança que abri, foram parar na sala.

Passados seis anos do início da reforma, pintamos a casa de azul. O mestre de obras queria porque queria dar um jeito nas telhas com lava a jato — quem sabe até pintura —, não se conformava que a casa estava toda bonita e pintada mas o telhado continuava sujo e velho daquele jeito. Não deixei que ele mexesse nas telhas por nada no mundo.

Hoje, no final da tarde, enquanto eu molhava os gerânios das floreiras, uma senhora, a mesma que é parecidíssima com dona Eurídice, passou com seus dois cachorrinhos pela coleira. Ela parou, olhou para cima. Os cachorrinhos fizeram o mesmo. Ela falou:

— Como ficou bonita a casa depois da reforma.

Eu interrompi o esguicho da mangueira e agradeci o comentário. Ela, no entanto, não se conteve:

— Só não entendi por que não pintaram o telhado.

Não pensei muito ao responder:

— É que o telhado é a cabeleira da casa, que é uma senhora já de idade.

Ela fez cara de quem não entendeu. Eu esclareci:

— Acho que a gente deve respeitar os cabelos brancos de uma pessoa de idade, a senhora não acha?

Ela olhou para mim, olhou para o telhado, olhou para os cachorrinhos: pensava. Daí fez um ar de quem conclui com grande seriedade:

— É.

E foi embora junto com seus animaizinhos. Antes de dobrar a esquina, ela parou e olhou para trás, para o alto, para o telhado. Passou os dedos entre os cabelos e seguiu o passo com uma dignidade impressionante.

Eu acabei de molhar as plantas, enrolei a mangueira e entrei. Dali a pouco Ricardo chegaria para a janta.

Agradeço

a Moacyr Saffer, que fez da medicina preocupação de saber,

a Nédio Steffen, que fez a medicina ser milagre,

a Carlos Barrios, que fez a medicina ser também amizade;

a minha mãe, aos meus irmãos, aos meus sobrinhos;

a Sergio Faraco, Alice Urbim, Carlos Urbim, Marô Barbieri, Eliane e Sérgio Caraver, Flavio Loureiro Chaves, Christina Dias, Ricardo Castro, Luisa Cidade Dias de Castro, Fernando Cidade Dias de Castro, Rosa Pacheco, Ivette Brandalise, Milton

Mattos, Luciana Ferreira, Victoria Castro, Tania Carvalho, Abrão Slavutzky, Dorita Munhóz, Celso Gutfreind, Claudia Tajes, Lucia Riff, Peter's Friends, Leticia Wierzchowski, Betina Borne, Juraci Riquinho e a todos os amigos e alunos que me deram amor e que não me deixaram sem esperança;

a Margarete Hulsenderger, Gilka Coimbra, Fátima Torri, Carlos Brandão Young, Carina Taborda e a todos aqueles que amam a justiça tanto quanto amam a literatura;

eternamente a Luiz Antonio de Assis Brasil;

com todo o amor do mundo a Luiz Paulo Faccioli.

A todos os que sobreviveram e sobreviverão.

Este livro foi composto na tipologia Palatino LT Std,
em corpo 12/16, e impresso em papel off-white 90g/m^2,
no Sistema Cameron da Divisão Gráfica
da Distribuidora Record.